전능하신
영주님

전능하신 영주님 10

2022년 2월 16일 초판 1쇄 인쇄
2022년 2월 21일 초판 1쇄 발행

지은이 가흘
발행인 김정수 강준규

기획 이기헌 왕소현 박경무 강민구
책임편집 백승미
마케팅지원 배진경 임혜솔 송지유 이영선

발행처 (주)로크미디어
출판등록 2003년 3월 24일
주소 서울시 마포구 성암로 330 DMC첨단산업센터 318호
Tel (02)3273-5135 **편집** 070-7863-8595 **Fax** (02)3273-5134
홈페이지 rokmedia.com **E-mail** rokmedia@empas.com

ⓒ 가흘, 2021

값 8,000원

ISBN 979-11-354-6430-0 (10권)
ISBN 979-11-354-9918-0 04810 (세트)

이 책의 모든 내용에 대한 편집권은 저자와의 계약에 의해
(주)로크미디어에 있으므로 무단 복제, 수정, 배포 행위를 금합니다.

작가와의 협의에 의해 인지는 생략합니다.
잘못된 책은 구입처에서 바꾸어 드립니다.

전능하신 영주님

가휼 판타지 장편소설

10

Contents

1장

"마이스터의 말대로 하자고."

"예, 영주님. 초콜릿과 우유로 준비하겠습니다. 영주님께선 어떻게 드시겠습니까?"

동질감을 형성할 때는 같은 것으로 먹는 게 좋다.

"나도 같은 것으로 하겠다."

"예, 준비해 올리겠습니다."

엔져는 읍하곤 방을 나갔다.

"초콜릿을 우유랑 먹나 봐?"

"네. 일하다가 기운이 없을 때 초콜릿을 우유에 녹여 먹으면 금방 힘이 돌거든요. 그래서 저는 간식 타임에 꼭 그렇게 먹어요. 안 그러면 너무 기운이 없어서 일을 제대로 할 수가 없거든요."

말이 조금 또박또박해졌다. 좋아하는 이야기가 나와서 그러나 보다.

카일은 긴장을 풀어 줄 겸 비슈에 맞춰 대화를 조금 더 진행하기로 했다.

"그래? 그러면 그걸 뭐라고 해야 하지? 초코우유라고 하나?"

"네, 초코우유요."

"그럼 그 초코우유를 먹으면서 무슨 일을 하는 거야?"

"스승님의 지시대로 오브를 만들어요. 작은 것도 만들고, 큰 것도 만들고. 그런데 스승님은 너무 대충 설명해 주시거든요. 스승님 마음에 들게끔 만들려거든 초코우유를 100잔씩은 마셔야 돼요."

"그렇군. 초코우유 말고 다른 간식은 안 먹나?"

"정말 바쁠 때는 각설탕을 먹어요. 최근이 언제였지?"

비슈는 작달막한 손가락을 접으며 날짜를 가늠했다.

"두 달 전쯤요. 그때 먹은 각설탕이 한 포대는 될 거예요."

두뇌는 당을 에너지원으로 활용한다.

비슈가 한 포대나 되는 각설탕을 먹었다는 것은 그 기간 동안 학대에 가까운 두뇌 노동을 감당했다는 뜻이다.

두 달 전이면 전쟁이 일어나기 얼마 전인 상황. 아마도 전쟁 준비의 마지막 박차를 담당했을 가능성이 크다.

"그때 만든 것이 골렘 오브인가? 쿠엔톤 삼형제들이 가지고 있던 것."

"네, 마지막 조율을 했어요. 이제 실전만 남았다고 스승님께서 엄청 닦달했거든요."

똑똑-.

"영주님, 다과를 준비하였습니다."

엔져가 다과를 놓고 나갔다.

비슈의 시선이 수북이 쌓인 초콜릿에 고정되었다.

지금 저 도톰한 입술 안으로 군침이 잔뜩 고여 있지 싶다.

"초콜릿을 정말 좋아하나 보군."

"네! 초콜릿 못 먹은 지 5일이나 됐어요. 초콜릿을 처음 맛보고 이렇게까지 오랫동안 초콜릿을 못 먹은 적은 없는 걸요."

"몇 가지 질문이 있는데. 먹게 해 주면 잘 대답해 줄 텐가?"

"그런 거는 그냥 물어봐도 잘 대답할게요. 저 시키는 거는 잘해요. 스승님도 그랬거든요. 너는 다른 생각 하지 말고 시키는 것만 잘하라고요. 그러면 먹고 싶은 거 다 준비해 준다고요."

"그래그래, 우선 편히 먹어. 그냥 간단한 질문 정도니까."

"히잇-."

비슈는 꽉 채워 둔 초크 칼라의 단추를 풀곤 앞섶 안에 손을 넣었다.

그러곤 깊은 가슴골 안에서 체온이 묻어 있는 펜던트를 꺼
냈다.

그녀의 손에 딱 맞는 작은 버터나이프였다.

비슈는 초콜릿 덩어리를 버터나이프로 긁어 우유가 담긴
컵 안으로 밀어 넣었다.

비슈가 하는 것을 가만히 지켜보던 카일은 그녀의 몸에서
엄청난 마나가 융성하는 것을 확인했다.

분석의 시선으로 볼 것도 없었다.

그녀의 실루엣을 푸른 마나 아지랑이가 전부 덮고 있는 수
준이었다.

온몸에 활성화된 마나가 충만하다.

동공이 확장된 눈동자는 오로지 초콜릿을 긁어내는 것에
집중하고 있었다.

카일은 혹시나 하는 생각에 옅은 살기를 투영한 마나를 내
비쳐 봤다.

그녀의 실루엣을 감싸고 있는 마나가 카일의 마나를 튕겨
냈다. 마나의 농도를 생각하면 얼마든지 그럴 수 있다.

그런데 비슈가 반응을 안 하는 건 조금 다른 영역이다.

'엄청난 외부 차단이야. 집중 상태를 유지하기 위한 기술
인가? 어이가 없군. 확실히 마스터는 마스터였어.'

그 능력을 초콜릿 녹이는 데 활용하는 게 애석할 정도로

엄청난 밀도였다.

초콜릿을 다 갈아 넣은 비슈는 버터나이프로 초코 조각 가득 담긴 우유 잔을 휘휘 저었다.

아무리 조각이 되었다고 한들 딱딱하게 굳어 있던 초콜릿이 찬 우유에 부드럽게 녹을 리가 없다.

그런데 녹고 있다. 흰 우유와 초콜릿이 완벽하게 융합되고 있었다.

그녀의 실루엣을 감싸고 있던 마나가 버터나이프로 흘러가고 있음을 확인했다.

이쯤 되면 저건 어떤 기술일지 궁금하다.

카일은 에너지 분석과 파동 분석 모드로 그녀의 버터나이프를 확인했다.

높은 열원이 느껴진다.

'강한 열원이다. 버닝 소드라고 불러도 될 정도겠어.'

"다 됐다."

비슈가 나이프를 멈췄을 땐, 미지근하게 식었던 우유가 완전한 초코우유가 되어 보글보글 끓고 있었다.

비슈는 그렇게 만든 초코우유를 찬물 마시듯이 후르르륵 들이켰다.

식도가 다 익어 버릴 정도로 뜨거운 온도일 텐데 아무 이상이 없다.

분명 이너실드로 보호받고 있기 때문이다.

비슈는 컵을 탁 내려놓고는.

"아흐으으으-. 이제 좀 살겠다."

한여름 녹아 버린 햄스터같이 늘어져 버렸다.

그 진했던 마나 오라는 온데간데없이 흩어져 버렸고 확장되었던 동공은 물론이고 눈꼬리가 치켜 올라간 번쩍 뜨인 눈도 평소대로 축 처진 졸린 눈으로 돌아갔다.

조금 어이가 없긴 했지만 좋은 쪽으로 생각하자면 다루는데 있어서 까다로울 것 같은 느낌은 전혀 아니었다.

속된 말로 초콜릿만 잘 지원해 주면 말을 잘 들을 것 같은 느낌이랄까.

다른 꿍꿍이 차릴 염려도 없고 거기에 더해 능력은 발군이고.

마스터급 능력자를 아군으로 회유할 수 있다면 성이 아니라 제후령을 내줘도 모자란 값이다.

겨우 초콜릿 정도로 환심을 사는 것이라면 매일 초콜릿 샤워를 시켜 줘도 남는 장사다.

"내 것도 양보하지."

크흐으응, 푸르르르.

소파가 편했던 것일까, 아니면 그간 쌓였던 피로가 컸던 것일까.

비슈는 소파에 앉은 채 잠이 들어 버렸다.

깨울까 싶다만 그냥 두기로 했다.

오죽 피곤했으면 지금 저렇게 곯아떨어질까.

저 성격을 생각하면 모르긴 몰라도 지금까지 불안에 떨며 잠도 제대로 자지 못했을 성싶다.

어차피 비슈의 연구 자료들을 살피고 있었으니 조금 더 보고 있으면 된다.

카일은 얼마간의 연구 자료를 훑어봤다.

빠르게 스캔하는 작업이라 한 뭉치 두께를 보는데도 그렇게 오랜 시간이 걸리진 않는다.

카일은 책상에 있는 자료를 전부 스캔하곤 비슈를 보았다. 아직 잠에서 깰 기미는 보이지 않았다. 사실 몇 분 되지도 않았다.

카일은 슬며시 일어났다. 비슈에게 망토를 덮어 주곤 다음 문서 뭉치를 들어 테이블 위에 놓았다.

툭-.

"아홋-!"

서류를 놓는 진동이 전달되었던 탓일까. 비슈가 어깨를 들썩하며 잠에서 깼다.

"일어났냐."

"죄, 죄, 죄송해요."

비슈는 동공이 풀린 눈으로 횡설수설했다. 잘게 떨리는 손이 그녀의 불안감을 말해 준다.

"졸아서 죄송해요……. 자려고 잔 게 아니라, 초콜릿을 너무 오랜만에 먹어서 저도 모르게 졸아 버렸어요."

"딱히 기분 나쁜 것 없다. 피곤하면 그럴 수 있지."

"죄송합니다."

"죄송할 것 없대도."

"벌을 받을게요."

비슈가 어깨를 축 늘어트린 채 일어나 방 한쪽으로 갔다. 그녀의 물건이 쌓여 있는 곳이다.

비슈는 그중 두꺼운 오석 육면체 앞에 섰다.

비슈가 오석 육면체에 마나를 투사했다. 오석 육면체의 표면에 푸른 마법진이 그려졌다.

단순한 장식품은 아니겠거니 싶었는데, 그것도 오브와 같은 마법 아이템이었다.

비슈가 카일을 힐끗 돌아봤다.

카일은 그런 비슈를 지그시 바라봤다. 궁금해서 그냥 두었다.

그 호기심이 컸기에 방금 전 비슈가 말한 벌을 받겠다는 말을 크게 신경 쓰지 않았다.

비슈가 오석 육면체를 작동시키니 오석 육면체가 다섯 조각으로 나뉘어 입을 벌렸다.

비슈는 요철 구조의 바닥면 위에 무릎을 꿇었다. 그러자 나머지 네 개의 조각이 비슈의 무릎 꿇은 하반신을 꽉 물어 버렸다.

"크윽!"

카일은 그제야 비슈가 말한 벌의 의미를 상기했다.

"이봐ㅡ. 잠깐, 비슈! 지금 뭐 하는 거야!"

그건 벌이 아니라 고문이었고 학대였다.

"비슈!"

카일은 깜짝 놀라 비슈에게 다가갔다.

"뭐 하는 거야! 얼른 나와!"

"버, 벌을……."

비슈의 도톰한 입술이 고통을 참으며 신음같이 벌이란 말을 흘렸다.

벌의 범위가 아니다. 압슬형이란 고문이었다. 그것도 정강이뼈가 부러지고 반신불수가 될 수도 있는 아주 심한 고문이다.

"이따위 고문이 어떻게 벌이냐!"

카일은 메테오를 뽑아 그 말 같지도 않은 고문 도구에 찔러 넣었다. 그러곤 단숨에 맥절의 묘리로 검을 비틀어 뽑아냈다. 돌 조각이 연결성을 잃고 허물어졌다.

"일어나!"

카일은 비슈의 팔을 쥐고 거칠게 일으켰다.

그새 두꺼운 솜 누비바지에 핏물이 배어 있었다.

"네 스승이란 작자냐? 그자가 너를 이렇게 만들어 놓은 거야?"

카일은 순간 복받쳐 오르는 이 화가 카일의 의식인지, 유성의 의식인지 구분이 되지 않았다.

아무리 거친 날것 그대로의 세상이라곤 하나 사람을 이렇게나 세뇌하여 노예처럼 만들어 버린 것을 본 적은 없었다.

아니, 아니다.

순간 카일은 자신이 비슈에게 동질감을 느끼고 있다는 기분을 받았다.

섭정인 위그니에게 세뇌되어 허수아비 인형 취급을 받았던 것과 이것이 크게 다를 것도 없다는 느낌이었다.

그러니 지금 느끼는 울화는 유성으로서의 도덕성과 카일로서의 울분이 함께 반응한 결과이다.

"졸았으니까……. 초콜릿을 먹었는데도 졸았으니까……."

"말 같지도 않은 소리! 그게 이런 벌을 받을 이유가 되지 않아!"

카일의 호통에 비슈는 어깨를 움츠리며 몸을 떨었다.

카일의 시선에 유리창에 비치는 자신의 모습이 들어왔다. 기운이 온 사방으로 뻗치고 있었다.

비슈는 잡힌 팔이 고통스러워 몸을 비틀었다. 하지만 그 손길에서 도망치려 하는 것은 아니었다. 고통을 감내하려 하는 몸짓이었다.

카일은 순간 아차 하며 얼른 손을 놓았다.

"미안하다. 너에게 화를 낸 게 아니었어."

"죄송해요. 저는 뭐든지 다 엉망이라……. 저를 오래 본 사람들은 다들 화를 냈어요. 화나게 해서 죄송해요."

또 우물거린다.

너에게 화가 난 게 아니라 말하고 싶었지만 그 말을 지금 입 밖으로 내면 또 호통이 될 것 같았다.

카일은 주먹을 말아 쥐며 마음을 다스렸다.

'7서클 마스터를 이 지경으로 만들려면 대체 얼마나 학대를 하고 세뇌를 했단 거냐.'

카일은 분노를 안으로 삼키며 한쪽 무릎을 꿇었다.

"저, 저, 저!"

"가만히 있거라."

카일이 비슈의 발목을 쥐었다. 몸은 동글동글한데 발목은 한 줌도 되지 않았다.

핏자국 선명한 바지를 걷어 올렸다.

정강이가 썩어 문드러졌다 싶을 정도로 흉터가 많았다.

누가 만들어 놨을지는 묻지 않아도 알 것 같았다.

"비슈."

"네, 네."

카일은 자신의 부주의로 새로 생긴 그녀의 상처에 치유 마법을 걸어 줬다.

"아무리 생각해도 네 스승은 너무 쉽게 죽었다."

비슈는 카일의 말과 치유를 해 주는 손길 모두 생경하고 간질거려 뒤로 물러나려 했다.

하지만 카일의 힘에 물러날 수가 없었다.

"네 스승이란 작자를 살려 뒀어야 하는 건데. 그래야 그놈을 심문하여 여죄를 밝힐 텐데. 그게 참 아쉽다."

"아, 아니에요. 그렇게까지는 아니었어요."

"그렇게까지라고?"

"……네."

비슈를 처음 봤을 때, 비슈는 제 스승의 손에 머리채를 잡힌 상태였다.

카일은 비슈에게 손을 풀어 주랴 물었고 비슈는 고개를 끄덕였다.

그래서 그렇게 해 줬더랬다.

그것이 그렇게까지였던 것이다.

"스승이란 작자에게 죄책감을 가지고 있는 거냐? 내가 그 인간을 죽인 게 너의 동의 때문이라고 생각하냔 말이야."

"그, 그게……."

"추궁하려던 건 아니었다."

카일은 일부러 그리 말하고 그녀의 치료에 집중했다.

아무리 치료 마법의 출력을 높여도 이미 남아 있는 흉터까진 어찌 해결이 되지 않았다.

짜증 나는 일이었다.

우선 치료를 끝낸 카일은 비슈의 바짓단을 단정히 내려 준

후 일어났다.

물어볼 게 많았다.

골렘술이나, 연금학, 마나 운용술에 대한 것들 말이다.

지금도 마찬가지다. 역시 물어볼 게 많다.

"앉아 봐. 너에 대한 이야기를 들어야겠어."

다만 지금은 비슈라는 사람 자체에 대한 궁금증이었다.

카일은 비슈와 마주 앉았다.

그녀 앞에 놓인 빈 다과 쟁반이 참 조악해 보였다.

"엔져, 밖에 있느냐?"

"예, 영주님. 대기하고 있습니다."

"가서 초콜릿을 수북이 쌓아 오너라. 우유도 충분히 가지고 오고."

"예!"

엔져는 밖에서 고함치는 소리를 들었기에 뭔가 일이 났구나 싶은 마음이라, 서둘러 카일의 지시를 수행했다.

카일과 비슈가 마주 앉은 테이블에 쟁반 가득 초콜릿이 쌓였다.

"비슈."

"네! 네?"

"이걸로 내 마음이 제대로 표현이 될는지 모르겠다만, 나는 너를 배려하는 의도다. 너와 원활하고 진솔한 대화를 원하고 그러기 위해서 네가 마음이 편하길 진심으로 바라."

"네에……."

비슈는 카일의 부드러운 어투가 어색하여 마주잡은 손가락을 꼼지락거렸다.

"내가 아무리 편하게 대하라고 한들, 당장 편해지지 않겠지. 그리고 나 또한 네가 마냥 편해지기까지 무한정 기다릴 수도 없는 상황이거든. 그러니 당분간은 이렇게 가자. 어찌 되었든 자주 겪어야 그만큼 편해질 테니까."

"……네. 알겠습니다."

비슈는 역시나 어색한 몸짓으로 고개를 꾸뻑 숙였다. 뭐가 뭔지 모르겠다는 얼굴이다.

사람은 적응의 동물이라고 했다.

평생을 고루한 전통과 규율 속에서 살았던 저 기사들도 불과 1년도 안 되어 의식을 뒤바꿔 놨으니 비슈도 그리 오래 걸리리라 생각하지 않는다.

"비슈."

"네, 네."

"내가 이 벤자르에 발을 들인 이상 이 땅의 사람들 또한 나의 백성이다. 그러니 어색해하지 말고 영주님이라고 답하면 돼."

"……네, 영주님……."

"그래. 그렇게 불러 주면 된다."

"네."

카일은 다시 한번 손짓으로 초콜릿을 권했다. 비슈는 눈치를 볼 뿐 손을 뻗진 않았다.

억지로 권할 필요도 없는 일이다.

"너에게 스승이란 존재는 어떤 사람이지? 내가 너를 봤을 때, 나는 네가 분명 벗어나고 싶어 하는 것처럼 느꼈거든. 그래서 그 손을 풀어 준 거고."

"그, 그건 맞긴 해요. 그때는 정말 무서웠거든요. 싸움도 못하고 누굴 다치게 하는 것도 무서웠어요. 그런데 스승님은 계속 저 때문에 영지가 망할 거라고…… 그래서……."

"그 순간을 피하고 싶었다는 마음인데, 스승의 죽음까지 바라진 않았다는 뜻인 거지?"

비슈는 차마 대답을 하지 못하고 고개만 푹 숙이며 긍정을 표했다.

"너에겐 내가 악당이겠군. 하기야, 부정할 것도 아니지. 그런데 네 무릎의 상처라든가, 네가 하는 말들을 들어 보면 네 스승이 너를 퍽 심하게 대한 것 같은데. 그래도 억하심정 같은 게 들지 않는 거냐?"

"사실 스승님이 괴팍한 면이 없진 않아요. 화도 많이 내시고, 한번 화를 내면 정말 무섭기도 하고……."

"그런데 왜?"

"저 같이 쓸모없는 애를 받아 주셨는걸요. 스승님은 저를 쓸모 있다고 말씀해 주셨어요. 그리고 정말 스승님 말대로 했더니 그다음부턴 다른 사람들도 다 저를 좋아해 줬어요. 대단하다고도 해 줬어요. 싸움을 시키실 때는 조금 싫었지만…….."

"그 스승이란 작자가 마스터의 경지로 이끌어 준 거야? 그렇다고 하기엔 그 작자는 그만한 실력이 없어 보였어."

"그래서 더 대단하다고 생각해요. 저는 7서클이었지만 스승님을 만나기 전까진 쓸모가 없었거든요. 다 그랬어요. 제가 7서클인 걸 알고 다들 엄청난 기대를 하면서 다가왔지만 제가 제대로 할 줄 아는 게 없다는 걸 알곤 정말 정말 실망한 얼굴로 되돌아가곤 했어요. 그러다 스승님이 찾아왔고 저한테 오브를 주면서 골렘술을 연구하자고 했어요."

존재 가치를 확인시켜 준 개념이니 어느 정도의 감사함이 있을 수 있다는 건 이해한다.

하지만 비슈가 받은 학대와 세뇌의 증거가 너무도 명확했다. 그리고 어떤 취급을 받는지도 직접 확인했다.

비슈의 말로 그 작자의 평가가 참작될 일은 없다.

그저 비슈의 감정을 알고 싶어서 물은 것일 뿐이다.

"그런데 네 말대로면 스승을 만나기 이전에 이미 7서클의 경지였다는 것이지?"

"네."

"그럼 그때도 스승은 있었을 거 아니야. 설마 혼자서 7서클을 터득한 거야?"

"그때는, 그때는……."

비슈의 미간이 바짝 조여들었다.

"그때는?"

"으으─. 그러니까 그때는……."

둥근 눈매가 찌푸려지고 뽀얀 이맛살까지 일그러든다.

비슈는 극심한 두통에 머리를 쥐었다.

"억지로 기억하려 할 필요……."

없다고 말하려 했다. 하지만 카일은 그 순간 직감했다. 억지로라도 뽑아 올려야 하는 기억이다.

"비슈. 잠깐."

"네?"

"초콜릿 우유 한 잔 먹자. 사실 아까 네가 하도 맛있게 먹길래 나도 한 잔 먹고 싶었거든."

카일은 초콜릿과 우유를 그녀 앞으로 밀어 줬다.

"정말요?"

비슈는 단숨에 편한 얼굴이 되었다. 이런 점은 좋다고 본다.

비슈가 버터나이프를 쥐었다. 그러자 전과 같이 엄청난 몰입과 함께 극한의 마나 융성이 일어났다.

다시 봐도 몰입에 들어가는 수준이 스위치가 있나 싶을 정도다.

비슈는 금방 김이 솔솔 올라오는 초코우유를 만들어 냈다.

카일은 자연스럽게 초코우유를 먹었다.

정밀 가공이 아닌 수공업의 형태로 만든 초콜릿이라 카카오 알갱이가 씹히는 다소 텁텁한 초코우유다.

그래도 귀족들이나 맛보는 고급 음식이다.

"너는? 아까 마신 걸로 충분해? 말로는 엄청 먹는다며."

"히이-. 그럼 저도 한 잔 마실게요."

꺼졌던 몰입 스위치가 다시 켜졌다. 순간적인 마나 융성만 놓고 본다면 펜타소드들이 견줄 급이 아니다.

그나마 챠드와 휴슬레가 어느 정도 견줘 볼까 싶다만 비슈의 경지에 미치진 못할 거다.

하기야, 7서클인 능력을 생각하면 그게 당연하기도 하다. 쓸데없는 비교였다.

비슈는 이번엔 한입에 털어 넣지 않고 카일의 눈치를 살피며 초코우유를 홀짝였다.

그렇게 한 잔을 다 비우니 시간이 제법 걸렸다. 가득했던 긴장이 녹기에 충분했다.

"비슈, 초콜릿은 언제부터 좋아했어?"

"초콜릿요? 저는 원래 초콜릿을 좋아했어요."

카일은 질문을 하며 비슈의 마나 줄기를 면밀히 살폈다.

"하긴, 초콜릿은 한 번도 안 먹을 순 있어도 한 번만 먹을 순 없는 마성이 있지."

"네, 맞아요. 저는 초콜릿을 처음 먹었을 때부터 지금까지

한 번도 떨어져 본 적이 없을 거예요."

잔잔히 웃는 눈가가 미묘하게 찌푸려졌다.

그리고 그와 동시에 비슈의 머리 쪽에서 이질적인 마나 발현이 일어나는 것을 읽었다.

아주 미세한 크기였지만 그 효과는 절대 작지 않았다.

비슈의 두뇌로 연결되는 마나로드를 차단했기 때문이다.

'노드 시스템 활성화. 지금부터 비슈에게 수집되는 모든 정보에 대한 정밀 능동 분석을 진행해.'

-노드 시스템 활성화.

-대상에 대한 모든 정보를 수집합니다.

-수집된 정보를 의식 동기화를 기반하여 정밀 능동 분석을 실행합니다.

머릿속에서 울리는 노드의 시동어와 함께 파악 가능한 비슈의 모든 정보가 의식 속에 들어찼다.

노드는 카일의 의식이 집중하는 포인트에 맞춰 능동 분석 진행했다.

'저게 뭐지?'

카일은 비슈의 머릿속에 무언가 이물질이 있음을 확인했다.

옥수수 알갱이 정도의 작은 크기의 이물질은 비슈의 후두부 안쪽에 박혀 있었다.

"비슈, 혹시 머리를 다친 적이 있어?"

"머리요?"

"그래, 여기 뒤통수 아랫부분 말이야."

"다친 적 없는데요?"

"스승이란 작자가 건드린 적은? 보니까 그랬을 거 같은데."

"아……. 그, 스승님께서도 머리를 때린 적은 없었어요. 저, 그때는 아마 좁은 공간에서 너무 화가 나서 그랬을 거예요……."

비슈는 다시 풀 죽은 표정을 했다.

"그럼 어릴 때도 없어?"

"어릴 때요, 아훗."

비슈는 다시 미간을 찌푸리며 머리를 부여 쥐었다.

'저거다!'

방금 비슈가 어릴 때를 떠올리려 하자, 두뇌로 연결된 마나로드로 다량의 마나가 올라가려고 했다.

그런데 후두부에 박혀 있는 이물질에서 마나 반응이 일어나 두뇌로 흐르는 마나로드를 막아 버렸다.

비슈가 올려 보낸 마나와 이물질에서 나온 마나가 충돌했고 그 반동으로 비슈가 두통을 느낀 것이다.

"죄, 죄송해요. 제가 어릴 때 기억이 잘 없어요. 이상하게 어릴 때를 떠올리려고 하면 머리가 아팠거든요. 초코우유 한 잔 더 먹고 힘내서 한번 다시 생각해 볼게요."

"아니다. 그럴 필요 없겠어. 잠시 확인 좀 하자."

카일은 비슈의 뒤로 돌아가 섰다. 비슈는 그으으으 이상한 소리를 내며 어깨를 잔뜩 움츠렸다.

"긴장할 것 없어. 머리에 흉터가 있는지 조금 보려는 거니까. 고개 좀 숙여 봐."

"네, 네……."

비슈가 고개를 숙였다. 카일은 비슈의 후두부 부분에 가르마를 내며 흉터를 찾았다.

손가락 한 마디 정도 되는 흉터가 있었다.

그 흉터가 얇은 것이 날카로운 것으로 정밀하게 절개했다는 뜻이고 흉터가 옅은 것은 그만큼 오래전에 생긴 상처란 뜻이다.

카일은 흉터가 있는 부위에 의식을 집중 투사하여 이물질을 파악했다.

'아무리 봐도 오브인 것 같다. 골렘 오브나 통신 오브를 생각하면 연관성이 있어.'

"비슈, 어릴 때 어디서 살았어?"

"제가 어릴 때는……. 으윽."

"역시. 이게 문제군."

확인을 끝낸 카일은 비슈의 머리에서 손을 거두었다.

그러곤 다시 비슈 앞에 앉았다.

"비슈, 내가 하는 말 잘 들어라."

"네, 네, 영주님."

"지금 네 머리 안에 오브가 들어 있다. 그 오브가 너의 마나로드를 막고 있어."

"제 머릿속에요? 제 머릿속에 왜 오브가…… 으아앗!"

비슈는 극심한 두통에 머리를 부여 쥐며 무릎에 쿡 쑤셔 박았다.

"네 반응으로 봐서는 특정 기억에 반응하도록 만들어진 것 같다. 그 원리까진 당장 나도 설명하기 어렵다. 하지만 문제 없이 제거해 줄 수는 있어. 아니, 반드시 제거해야 된다."

비슈는 대답하지 못한 채 머리만 부여 쥐었다.

"아흐으으—."

"지금 네 머릿속에 있는 오브가 계속 반응하고 있어. 내가 한 말 때문에 의식이 계속 과거로 흐르는 탓일 거다. 우선 수면 마법을 걸어서 널 재울 거야. 자고 일어나면 개운해질 테 니 염려 마라."

카일은 잔뜩 웅크리고 있는 비슈의 머리에 손을 얹었다. 그러곤 강력한 수면 마법을 시전했다.

마법 내성이 강한 드워프들의 전신마취를 위해 운영식을 강화시킨 수면 마법이다.

카일의 마법에 비슈의 마나홀이 반사적으로 대응했지만,

카일이 작정하고 시전한 마법을 버틸 수는 없었다.

비슈를 잠재운 카일은 가슴에 달린 브로치를 분리했다.

검과 방패가 겹쳐 있는 모양의 브로치는 운철로 만든 것이며, 검 장식은 실제로 검집에서 분리가 되고 날이 서 있는 진검이다.

크기만 작을 뿐 그 성질은 메테오와 차이가 없다.

손가락 길이 정도 되는 크기이니 메스처럼 쓰기에 딱히 부족할 것도 없다.

카일은 정화 마법으로 주변과 수술 부위를 소독했고 오러소드를 발현시키는 것과 같은 원리로 마나를 경질화시켜 수술 부위를 확보했다.

스으윽-. 소리도 없이 피부를 갈랐다. 피 한 방울 흐르지 않았다.

벌어진 피부 안으로 들어난 두개골에 타공의 흔적이 있었다.

그리고 그 속에 오브가 있다.

카일은 미니 메테오에 초진동을 일으켜 해당 부위를 부드럽게 갈라냈다.

푸른빛으로 반짝이는 오브가 등장했다. 카일은 오브를 제거한 후 수술의 역순으로 수술 부위를 원상복구시켰다.

정확하게 흉터를 겹쳐 갈랐기에 별다른 수술 자국은 남지 않았다.

카일은 비슈의 신체 반응과 마나 상태를 정밀 분석하여 이상 없음을 확인한 후 수술을 완료했다.

"비슈, 일어나 봐라. 머리가 한결 가벼울 거다."

다시 비슈 앞에 앉은 카일은 아무 일 없었다는 듯이 비슈를 불렀다.

수면 마법이 풀린 비슈가 부스스 눈을 떴다.

"수술은 아주 잘됐어. 이게 네 머릿속에 있던 오브다."

카일이 적출한 오브를 보여 줬다.

"흑-."

짧은 신음.

"흐으윽. 흐으으윽. 흐아아앙. 흐아아아앙-."

비슈는 펑펑 울어 버렸다.

"흐아아앙. 끄아아앙-!"

비슈는 미아가 된 아이처럼 서럽게 울었다. 비슈의 울음이 가슴에 사무치는 것은 그 울음에 담긴 감정이 그만큼이나 격정적이었기 때문이다.

"흐그으윽. 잃어버렸어요. 다 잃어버렸어요. 나는……. 내 어린 시절은……."

"괜찮아. 울고 싶을 땐 울어야지. 펑펑 울어라. 그래야 풀리기도 한다."

카일은 방한용 스카프를 풀어 줬다.

"내가 헐렁한 기사라 손수건을 들고 다니질 않는다. 이거라도 써라."

카일은 그리 말하고 자리에서 일어났다. 마음을 추스릴 때까지 혼자 두는 게 나을 듯싶었기 때문이다.

"가지 마세요!"

비슈는 애처롭게 카일의 소맷단을 부여 쥐었다.

"혼자 두지 마세요! 저 두고 가지 마세요!"

그 얼굴이 엄마의 손을 움켜쥔 아이와 겹쳐 보였다.

자신의 얼굴이다. 카일이 아닌 어린 유성의 얼굴. 병실에서 어머니를 보낼 때의 그 얼굴이었다. 몰아닥치는 의식에 잠시 눈을 질끈 감았다.

"두고 가지 말아 주세요. 제발요, 제발…… 저를 버리지 말아 줘요. 말 잘 들을게요……."

비슈는 그리 애원하면서도 카일의 손을 끌어당기지 못했다. 혹여나 놓쳐 버릴까 잡고 있을 뿐이었다.

카일은 그 약한 매달림이 천근같이 느껴져 자리에 풀썩 앉고 말았다.

"두고 가는 것도 아니고 버리는 것도 아니다. 너 같은 인재를 왜 버려."

"흐으윽-."

"그리고 굳이 말을 잘 듣겠다 빌 필요도 없어. 그저 맡은 일만 잘하면 될 뿐이야."

"흐윽, 크윽-. 네. 일 잘할게요. 저 시키는 거 잘해요. 저

일 잘해요."

"그래, 알았다. 어디 가지 않고 있을 테니, 마음 추슬러
라."

비슈가 아직 카일의 손을 놓지 않았다. 카일은 별다른 명
분 없이 그 손을 털어 내기가 어려워, 초콜릿을 집었다.

"버터나이프 좀 빌릴게."

비슈가 썼던 버터나이프를 쥐곤, 비슈가 한 것처럼 초콜릿
을 녹여 냈다.

카일이 초콜릿을 우유에 녹여 내는 동안 비슈는 카일의 스
카프에 얼굴을 묻고 눈물을 추슬렀다.

"자, 네가 만든 것만 한지 모르겠다."

"감사합니다."

"천천히 마셔. 오늘이 힘들면, 내일 다시 이야기를 해도
된다. 부담 가질 거 없어."

"가, 가실 건가요?"

"응?"

"내일 다시 이야기하자고 하셔서요."

"축객령이 아니야. 그저 널 배려한 말이다."

"네……."

비슈는 카일의 턱 끝에 시선을 두곤 초코우유를 홀짝였다.

"11살 때 한 번, 그리고 18살 때 한 번. 두 번이었어요. 머
릴 다친 거요. 다친 게 아니라, 당한 게요. 그 선생님들은 축

복이라고 했지만요."

머리를 다친 적이 있었냐는 질문에 대한 답을 한 것이다.

"그리고 7서클은 17살 때 달성했어요. 별낙원에서요."

비슈는 별낙원을 힘주어 말하며 고개를 들었다. 눈물이 가신 눈동자가 또렷했다.

"별낙원?"

"네. 별낙원요. 저 같은 아이들이 모여 있던 곳이었어요. 선생들에게 훈련을 받았던 곳이요. 낙원으로 가기 위한 훈련을 받는 곳이라고 했어요. 지금 생각해 보면 전쟁 병기로 키우기 위한 훈련장이었던 것 같아요."

별낙원은 뎅쇼와 드라노가 말했던 훈련소와는 분명 맥이 다른 곳이다.

분명 친위대를 키운 곳이다.

벤자르의 친위대를 상대하며 느꼈던 이질감이 설명된다.

충성심 없이, 감정 없이 자신의 목숨을 내던졌던 이들. 아무리 세뇌를 받았어도 대신 목숨을 던진다고 해도 감정까지 죽어 있을 수는 없다.

세뇌를 받은 만큼 더욱 큰 감정이 표출될 수 있는 일이다. 주인을 대신해 목숨을 던졌던 그들의 감정은 세뇌라기보단 최면에 가까운 상태였다.

지금 생각하니 그렇다. 머리에 정신을 억제하는 오브를 박아 놨다면 충분히 가능한 일이었다.

"그곳에서 세뇌와 훈련을 받았다는 거지? 마스터 등급이 된 것도?"

"네. 별낙원에서 7서클을 달성했어요."

비슈가 이를 악물었다. 고통스러운 기억들이 마구 쏟아졌기 때문이다.

"고문에 가까운 훈련이었어요. 훈련을 받다가 죽은 아이들도 많아요. 그중에 저는 운 좋게 특별했죠. 그리고 운 나쁘게 멍청했고요. 그래도 그 덕에 지금 이렇게 살아 있는 것이니 마냥 운이 나쁘다고 할 건 아니네요."

"저 아이템이 그때 그것인가?"

카일이 자신이 부숴 버린 압슬형 도구를 가리켰다.

"네. 저런 것이 수십 개가 있었어요. 저것 말고 다른 것도 많았어요."

비슈는 미간을 잔뜩 찌푸리며 대답했다. 직접적인 고통이 사라졌다곤 하나 그 또한 의식적인 고통을 불러오는 기억들인 것은 분명했다.

"수업 목표를 달성하면 구원받을 것이고 못 하면 고해성사를 해야 한다 했죠. 자신의 죄를 고하는 것이라 했지만 고문이었어요. 분명 고문이었죠. 아까 보셨죠? 제 다리."

"그래. 흉이 심하더라."

"저는 그래도 우등생이라 심하게 받지 않아서 흉뿐이었던 거예요. 그렇지 못한 아이들은 고문을 받다가 죽었어요.

10살 때부터 18살까지 제 유년시절은 전부 그곳에서 있었네요."

"7서클을 달성할 정도면 보통 재능이 아닌데, 명망 있는 가문 출신이라거나."

"아아. 전혀요. 그렇지 않아요. 아빠는 집을 나갔다고만 기억나고, 엄마가 저를 팔았어요. 얼마였는지는 정확하게 모르겠지만 돈주머니가 그리 크지 않았던 건 기억나요."

"힘겨운 이야기들이군. 애써 다 꺼내 놓을 필요 없어."

"괜찮아요. 어차피 지나간 일이고…… 숨기고 싶지도 않아요."

"그래. 천천히 하자. 지금이 아니라도 시간은 많으니. 마지막으로 한 가지만 묻자, 그 별낙원의 위치 기억해?"

"정확한 위치는 기억 못 해요. 들어갈 때도 나올 때도 잠을 자고 있었거든요. 아무래도 비밀을 지키기 위해서 그렇게 했을 거예요."

"위치를 유추할 수 있는 지형 같은…… 아니다. 됐다. 충분했어. 고맙다. 기분은 좀 괜찮아?"

"네. 덕분에요."

"혼자 있기 불안하면 같이 있어도 된다."

"아니에요, 이제 괜찮아요. 나가 볼게요."

비슈는 떠듬거리는 것 없이 자리에서 일어났다.

"비슈, 이거 챙겨 가야지."

카일이 비슈의 버터나이프를 들어 줬다.

"네."

비슈는 버터나이프와 함께 스카프를 챙겼다.

"그건 왜?"

"세탁해서 드릴게요."

굳이 그럴 필요 없다 말하려다 딱히 그럴 것도 없다 싶어 고개를 끄덕였다.

"그래."

"감사합니다."

비슈는 고개를 꾸뻑 숙이고 방을 나갔다.

"엔져."

"예."

"지금 즉시, 영내의 펜타소드를 모두 소환해라. 긴급이다."

"예!"

별낙원은 단순한 비밀 훈련소로 취급하고 넘어갈 수준이 아니었다.

훈련이란 명목으로 고문을 하고 훈련 중에 훈련생이 죽어나가기 때문이 아니다.

전쟁 병기를 위한 목적으로 세뇌를 시켰기 때문도 아니다.

그들이 사용한 세뇌의 상징들이 하나같이 종교적이었기 때문이다.

낙원이라든가, 구원이라든가, 고해성사라든가 하는 것들 말이다.

그들이 준비한 것은 정복 전쟁이 아닌 성전인가? 그렇다면 그 성전은 언제 끝이 나는 것인가?

자신들의 성지를 잃었을 때? 아니면 상징이 꺾였을 때? 아니면 성서가 불탔을 때?

끝나지 않을 것이다.

그들이 만든 것이 정말 종교이고 광신이라면, 이 전쟁은 아직 끝난 게 아니었다.

"영주님, 부름 받고 대령했습니다."

"어서들 들어오시오."

"무슨 일이 있으신 겁니까?"

"방금 골렘 마이스터와 독대하셨다 들었습니다. 사고라도 있으신 건지요?"

"이것을 보시오. 세뇌 오브요."

카일은 비슈의 머리에서 빼낸 오브를 보여 주며 그에 대한 설명을 더했다.

"정확히 기억을 조작하는지, 기억을 차단하는 것인지, 다른 기억을 심는 능력이 있는 것까진 아직 더 조사해 봐야 할 것이오. 하지만 마이스터를 통해 확인한 기억 차단의 능력만 해도 세뇌 오브라는 이름이 부족하진 않다고 생각하오."

카일의 설명을 들은 그들은 믿을 수 없다는 표정과 함께 끓어오르는 분노를 표출했다.

"인간 같지 않은 놈들입니다."

"영주님의 말씀이 진정 사실이라면, 그놈들은 바르테온의 적이 아닌 인간의 적입니다."

"사람의 머리에 오브를 심어서 정신을 통제한다니요! 한 사람의 기사로서 용서할 수 없는 일입니다."

"나도 같은 마음이오. 우리의 전쟁은 아직 끝나지 않았소. 어쩌면 더 어려운 과정이 남아 있는 것인지도 모르오."

"개의치 않습니다. 충심으로 따를 터이니, 정의로써 이끌어 주십시오."

"이놈들의 껍질을 벗기면 분명 그 안엔 사람을 잡아먹는 몬스터가 있을 것입니다. 바르테온의 적인 것을 떠나, 인간을 해롭게 하는 괴물로 처리하십시오. 그것이 우리 기사의 마땅한 소임입니다."

"나는 현 시간부로 별낙원에 대한 것을 제1순위 과업으로 두고 일을 진행할 것이오. 경들은 이를 감안하여 보조토록 하시오."

"예, 영주님."

"단, 이에 대해서 자의적 판단에 의한 행동은 제한토록 하겠소. 모든 것은 나의 지휘하에 움직여야 할 것이오. 또한 비밀 엄수가 되어야 하니 겉으로 드러내지 마시오."

"예, 명심하겠습니다."

"그럼 휴슬레 경, 로펨과 아슬란으로 통신이 연결되어 있소?"

"로펨과는 직접 연결이 되어 있고 아슬란은 로펨을 통해 전달해야 합니다."

"그럼 지금 즉시 호출하여 뎅쇼와 드레노를 불러들이시오. 로운 공도 함께요. 이유는 항복 협정을 대시오."

"예, 영주님."

"투항한 포로들이 남아 있소?"

"예. 현제 영내의 지하 감옥에 구금되어 있습니다."

"그중에 저항이 거셌던 자들은?"

"영주님께서 솎아 내라 하시어 모두 처리했습니다. 혹, 일이 잘못된 것입니까?"

"아니오. 그들의 시신은 어찌했소? 정확하게는 머리만 있어도 되오."

"구덩이에 파묻었을 것입니다."

"겨울이라 아직 썩지 않았을 것이오. 전부 다 챙겨 오시오. 되도록 은밀히 조치하시오."

"예, 영주님."

"휴슬레 경과 모즈 경은 우선 그것부터 조치하시오. 사일론 경은 잠시 대기하시오. 서신을 적어 주겠소."

카일은 칼데온에게 보내는 서신을 적었다. 이번 일에 대한 간략한 설명과 함께 로살롯에 있는 포로에 대한 조치를 담은 서신이었다.

"사일론 경."

"예, 영주님."

"지금 스승님께서 로살롯에 있을 것이오. 경은 지금 즉시
로살롯으로 가서 이 서신을 스승님께 전달하시오. 통신 오브
를 가지고 계시니 통신 거리가 닿으면 우선 연락할 수 있을
것이오. 오브 챙겨 가시오."

"예."

"서신을 전달한 다음에는 그대로 바르테온으로 내려가 바
르테온에 있는 포로들을 조치하시오. 지금 후계들의 지휘를
받아 영지 복구 작업을 하고 있을 것이오. 상황이 어찌 돌아
가고 있을지 모를 일이오."

"알겠습니다. 바르테온에서도 적들의 수급을 확보해 둡니
까?"

"그리하시오. 그리고 대내외적으로 바르테온에 출입하는
모든 인원들에 대한 감시를 철저히 해야 할 것이며, 전쟁 이
후 유입된 외지인에 대해선 더욱더 철저히 감시를 해야 할
것이오."

"알겠습니다. 성벽의 이름으로 적의 침입을 방지하겠습
니다."

"지금 바로 출발하시오. 인원이 많이 필요할 테니, 충분한
병력을 가용해 가도록 하시오."

"예."

사일론이 바로 일어나 움직였다. 그와 스치며 휴슬레가 들어왔다.

"영주님, 로펨과 아슬란에는 연락을 넣었고 답신을 받았습니다. 아슬란은 지금 즉시 출발하여 내일 아침까지 당도한다 하였고 로펨도 내일 저녁 전까진 도착하도록 한다 하였습니다. 로운도 함께 온다고 했습니다."

"알겠소. 그리고 사일론 경과 데미트라 경에게 사람을 보내 복귀시키시오. 함께 출병한 단원들 전부 복귀하는 것이오."

"예. 통신 오브를 가지고 갔으니 바로 연락할 수 있습니다. 챠드 경에겐 전달하지 않아도 됩니까?"

"푸스카 호수는 일정대로 진행할 것이오. 내가 가서 정리후 함께 복귀하면 되오."

"예. 그러면 우선 둘에게만 복귀 명령을 내리겠습니다."

"잡아들인 저항병 중에 남은 이들은 어디 있소?"

"관내의 지하 감옥에 구금 중입니다. 대령합니까?"

"아니오. 내가 가겠소."

"예. 그럼 저는 우선 지시받은 사항을 수행 후 따르겠습니다."

휴슬레가 다시 급히 움직였다.

'이건 상황이 변한 수준이 아니라 전제 조건 자체가 변한 수준이다. 유연한 대처로 될 상황이 아니란 거지.'

판을 다시 짜야 한다.

새로운 판에 맞는 새로운 전략이 필요하다.

머리가 아픈가?

끝났던 전쟁이 끝나지 않았다는 사실이 질리는가?

전혀 그렇지 않았다.

테이블에 놓인 작은 오브가 눈에 들어왔다.

'전쟁은 전리품이 남는 법-.'

카일은 지하 감옥으로 향했다.

　

＊

　

카일은 지하 감옥의 심문실에 앉았다.

"여기 명단입니다."

저항병 명단. 다르게는 불투항 적군이라고도 칭한다.

이들을 포로라고 지칭하지 않은 것은, 협상을 위해 신변의 안전을 보장해야 할 부류가 아니기 때문이다.

카일은 명단을 확인했다. 사살자 비율이 크게 높지 않았다.

극렬한 저항을 한 자만 처리한 것이고, 그렇지 않은 자들은 우선 구금해 뒀기 때문이다.

그리고 그들 중 성이 없는 비율이 7할 가까이 되었다.

"평민 출신들에 대한 출신은 조사하지 않은 것이오? 수련한 훈련소가 어떤 곳인지 말이오."

소속 기사단이나 조직에 대한 명시는 있었지만 훈련소에 대한 명시가 없었다.

"송구합니다. 그 부분에 대해서는 미처 조사하지 못했습니다."

"이런 마나 유저들에겐 그 훈련소가 가문과 비슷한 역할을 할 것이오. 앞으로는 가문란에, 가문이 없는 자는 훈련소 명이나 사사한 스승을 적도록 하시오."

"예, 알겠습니다. 명단에 대해서는 지금 바로 보완하겠습니다."

"지금은 우선 내가 보면 되오."

카일이 머쓱한 표정의 휴슬레를 물렸다. 그사이 모즈가 들어왔다.

"영주님, 임무 완료했습니다. 냄새가 고약한지라 들고 오지는 않고 야외에 준비해 뒀습니다."

"상관없소. 가지고 오시오. 그리고 다른 기사들은 전부 물리고 모즈 경께서 수행을 좀 해 줘야겠소."

"영주님의 손발이 되는 것은 언제나 영광입니다."

모즈가 감옥을 지키던 기사들을 전부 내보냈고 직접 수급이 가득 담긴 자루를 들고 왔다.

카일은 그 머리들의 뒤통수 부분을 정밀 스캔했다.

총 일곱 개의 머리 중 한 개에서 세뇌 오브를 발견했다.

"이 수급이 누구인지 아시오?"

휴슬레가 수급과 명단을 대조했다.

"여기 이자입니다."

평민 출신에, 3서클 유저였다.

이러면 이야기가 또 달라진다.

7서클 능력자에게 활용하는 희소한, 혹은 상징성 있는 귀한 기술이 아니라는 뜻이기 때문이다.

"수급은 전부 치우시오."

카일은 세뇌 오브를 적출한 머리까지 포대에 넣은 후 말했다.

모즈가 다시 포대를 내놓고 왔다.

"모즈 경은 가서 저항병들을 하나씩 데려오시오."

"예, 영주님."

첫 번째 포로가 들어왔다.

"죽이려거든 죽여라! 너희들 따위에게 겁을 집어먹을 줄 아느냐!"

들어오면서부터 악다구니를 쓴다. 모즈가 저항병의 쇄골뼈를 눌러 바닥에 주저앉혔다.

"처신 똑바로 해라. 너 같은 놈이 감히 쳐다볼 수도 없는 분이다."

"누군가 했더니 바르테온의 살인귀구나! 크아악 퉷!"

저항병이 카일을 향해 가래침을 뱉었다. 그것이 발치에 와서 붙었다.

"미치지 않고!"

모즈가 그를 뒷목을 눌러 바닥에 꼬꾸라트렸다.

"무슨 말을 해도 소용없다. 나는 더러운 바르테온의 개가 되지 않는다."

"별낙원을 지키기 위해서냐?"

"무슨 개소리냐!"

카일은 간단히 고개를 끄덕였다.

모즈는 다음 순번의 저항병을 대령했다.

그렇게 한 명 한 명, 반감과 저항이 거친 이들부터 순서대로 한 명 한 명 카일 앞에 세워졌다.

카일은 그들의 후두부를 정밀 스캔하는 것은 물론이고, 그들의 신체 반응과 언행까지 전부 다 기록을 했다.

"자세를 똑바로 해라. 네놈이 감히 올려 볼 수 없는 분이다."

모즈가 또 한 명의 저항병을 거칠게 무릎 꿇렸다.

그는 순순히 무릎을 꿇었고 딱히 욕설을 한다거나 반감을 표출하지도 않았다.

그런데 후두부에 세뇌 오브가 확인된다.

'무작정 바르테온에 반감을 가지도록 세뇌시키는 기능은 없는 것인가? 아니면 다른 기능이 있는 건가.'

비슈에게서 적출한 세뇌 오브는 기억을 차단하는 기능이

었다.

카일은 세뇌 오브의 기능을 그것 하나만으로 국한지어 생각하지 않았다.

통신 오브도 장거리 통신 오브가 추가로 더 있었던 것처럼, 다른 기능이 있는 세뇌 오브의 가능성을 감안하고 그것을 조사하는 것이다.

"바르테온으로 투항할 의사가 있는가? 기사로서 대우해 줄 것이다."

"바르테온의 기사요? 그 말을 어떻게 믿습니까?"

"영주가 직접 하는 말이다."

"바르테온의 영주가 벤자리안을 얼마나 신용하겠냐를 묻는 겁니다. 어차피 고기방패나 될 것 아닙니까?"

"역할이 염려되어 묻는 것이라면, 벤자르에 대한 통치인력이라고 해야겠군. 자네도 알다시피 현재 벤자르는 정무를 볼 수 없을 정도로 정치 세력이 무너진 상태다. 자리가 비었으면 채우는 게 이치이다."

"그렇다고 하면……."

그는 카일의 눈을 지그시 쳐다봤다. 속을 읽으려는 눈이다.

"별낙원에 대해 아느냐?"

그래서 이렇게 찔러 물었다.

그 한마디에 그의 눈동자가 심하게 흔들렸다.

"모즈 경."

"예."

카일의 시선을 받은 모즈가 그를 뒷덜미를 잡았다.

그 순간.

콰득ㅡ.

혀 깨무는 소리가 크게 울렸다.

"이 자식이!"

모즈가 그의 입을 억지로 벌리려 했지만 이미 혀가 끊겨 버린 다음이었다.

한 치의 망설임이 없는 행동이었다.

"영주님!"

"괜찮소."

카일은 차분히 그를 수면 마법으로 재운 후 혀를 붙여 치유했다.

'어떠한 트리거 작용에 의한 반응 스위치 같은 역할도 겸한다고 봐야겠지.'

별달리 물은 것도 없다. 그냥 별낙원을 아냐고 한마디 했다.

시치미를 뗄 수도 있는 것이고 거짓 정보를 흘릴 수도 있는 것이다.

그런데 단번에 혀를 끊어 물었다.

그만한 정신력을 가진 사람이 있을 수도 있다.

하지만 카일은 그 순간, 그자의 뒷머리에서 세뇌 오브가 반응하는 것을 확인했다.

비슈의 것이 마나로드를 막는 운용이었다면, 방금 것은 뇌의 한 부분을 강하게 자극하는 운용이었다.

그리고 그 순간 저항병의 모든 근육이 강하게 수축되었고 혀를 깨문 것이다.

비슈의 것과 다른 효과의 오브인 게 확실하다.

카일은 저항병의 오브를 제거한 후 잠을 깨웠다.

"정신이 드는가. 네 머릿속에 있던 이 오브를 제거했다. 너의 정신을 지배하기 위해서 심어 둔 것이다."

저항병은 대꾸하지 않았다.

눈빛 또한 아주 거칠게 바뀌었다.

세뇌 오브를 제거하였는데 오히려 공격적인 태도가 된 것이다.

자신의 정체가 탄로 났음을 인식한 것이고, 지금의 모습이 본래 모습이란 뜻이다.

그렇다면 오브를 통해 바르테온에 대한 적대감을 불러일으키는 것은 아니라는 결론이다.

일단 찾았으니 됐다. 지금은 이 한 명을 붙잡고 시간을 오래 끌 상황이 아니다.

"모즈 경, 완전 결박해 두시오. 틈이 나면 또 자해할 수 있소."

"예, 알겠습니다."

카일은 그 후에도 순서대로 포로들을 심문했다.

그중에 별낙원에 반응하는 이는 딱히 없었고 세뇌 오브가 있는 이도 없었다.

카일은 저항병에 대한 조사를 마무리 지었다.

"영주님, 상황이 이렇다면 능력자들을 전부 조사해 봐야 하지 않겠습니까? 영주님의 능력으로 세뇌 오브가 있는 자들을 걸러 낼 수 있으니 말입니다."

"세뇌 오브가 마나 유저에게만 사용되었을 거란 확신이 있소?"

"예?"

"일반 평민들에게, 비능력자들에게도 쓸 수 있잖소. 스스로 혀를 깨물게 할 정도의 장치라면 다른 행동도 강제할 수 있음을 생각해야 하오."

"……그렇군요. 아무것도 모르는 평민에게 심어서 암살을 기도한다거나…… 그렇게도 활용할 수 있겠습니다. 그런 게 정말 가능하다면 끔찍한 일입니다."

"영주님, 기사장의 말이 옳습니다. 저도 이번은 최악을 가정하여 진행하는 게 옳다고 여겨집니다. 지금 당장 봉쇄령을 내리고 영지의 모든 사람을 조사하시는 것은 어떻습니까?"

"세뇌 오브가 심어진 이들이 아니라 심은 이들을 잡는 것이 더 중요하오. 그리고 세뇌 오브가 심어진 자들도 벤자르밖에 있으면 잡지 못할 거요. 그렇다고 솔 전역을 전부 봉쇄할 수 있소? 아니면 지금 바르테온에 숨어들었을지도 모르는 일이고."

"이런-! 짐승만도 못한 것들이!"

"영주님, 대처해야 합니다. 벤자르는 본래 연금술에 강합니다. 물로는 꺼지지 않는 불이라든가, 살을 녹이는 독약이라든가, 그런 것들이 많습니다. 비겁한 무기이지만 암살에 최적화된 무기임을 부정할 순 없습니다."

"오브가 박힌 이들보다 박히지 않았음에도 신념을 가진 적들이 진짜 위험한 적들이오. 하지만 군단의 규모라곤 생각하지 않소. 그렇다면 지금까지 웅크리고 있을 이유가 없지."

"영주님께선 어떻게 예측하십니까?"

휴슬레가 불안감을 숨기지 못하며 물었다. 모즈가 꼴깍 마른침을 삼키며 카일에게 집중했다.

"이 별낙원 출신들. 그래, 낙원단이라고 합시다. 이 낙원의 악마들도 벤자르가 이렇게 완벽하게 무너질 거라고 예상하지 못했을 것이오. 적 병력이 많이 줄었기 때문에 조직망 또한 빈틈이 크겠지. 그놈들도 숨죽이고 정비를 하고 있을 가능성이 높을 것이오."

"비슈! 골렘 마이스터! 그녀를 잡아야 합니다!"

휴슬레가 주먹을 움켜쥐며 소리쳤다.

"낙원단에서 조직을 재정비하려 하는 것이라면 제일 먼저 그녀를 탈환하려 할 것입니다! 골렘 오브와 통신 오브가 전부 그녀의 손에서 나왔는데, 엄청난 전력이지 않습니까."

비슈는 별낙원에서 쓸모없는 쓰레기 취급을 받았다고 했다.

7서클에 오르며 엄청난 기대를 받았지만 그 기대에 미치지 못했던 것이다.

그 후 여러 용도로 활용처가 논해지다가 마지막에 비슈의 스승인 램지의 손에 들어가 골렘 마이스터가 된 것이다.

램지에게 소속이 이전되면서 별낙원을 나가게 되었고, 그때 기억을 차단하는 세뇌 오브를 이식받은 것이다.

"여러 정황을 생각하면 낙원단 내부에서 비슈에 대한 우선순위가 큰 위험도를 감수하면서까지의 최우선 목표일 거라고는 예상되지 않소. 하지만 옳은 말이오. 비슈가 전향했다는 정보를 알게 되면 살려 두지 않으려 하겠지. 잘 때는 사방에 호위 여덟을 붙이고 평시에는 내가 옆에 두고 다니겠소."

"예, 영주님. 옳으신 판단입니다. 바로 조치하겠습니다."

"그 부분은 내가 조치하지. 호위는 내가 맞으니까."

모즈가 말했다.

"마나 탐색은 마법기사가 낫소."

"루일러기사단 여섯에, 앵거기사단 둘을 더하시오."

"예."

"예, 영주님."

"낙원단은 광신도들이라고 봐야 할 것이오. 타협이 안 되는 악마라고 규정하겠소."

광신도들이라면 자신들의 성전을 위해서 얼마든지 위장하고 거짓을 말하며 수모 또한 견딜 수 있을 것이라 여겨야 한다.

그렇게 생각하니 모든 것이 의심스럽다. 지금까지 거친 행동으로 저항했다고 했던 벤자르 평민들 행동들도 단순한 반감으로 치부하고 넘어갈 수가 없는 상황이었다.

"영주님, 그런데 상황이 이런 식이라면 반감을 표했던 평민들도 어떠한 조치를 취해야 하지 않습니까?"

휴슬레도 그 점을 바로 파악하여 건의했다.

낮에도 이에 대해서 경계를 하고 단체 활동이나 조직을 구성하려는 자들은 색출하라 명령해 두었던 참이다.

거기에 추가적인 명령을 더해 대응을 보완하면 될까?

아니다.

중심을 혼동해선 안 된다.

맥이 바뀌었고 판이 바뀌었다. 그러면 모든 상황과 절차를 원점에서 다시 생각하는 게 기준이다.

"상황이 바뀌었소. 우리가 상대해야 하는 적의 유형과 전략이 바뀌었으니, 우리도 그에 맞춰 다른 대응을 할 것이오."

"독과 암살은 사회적 믿음을 허무는 썩은 살입니다. 서로가 서로를 의심하고 경계할 수밖에 없을 것이고, 그런 세상에서 기사들은 기사도를 실천할 수 없습니다. 다소간의 생살이 다치더라도 크게 도려내어 뿌리를 뽑으셔야 합니다."

"위그니 때와는 정도가 다릅니다. 사람 한둘 꿰어 내어 암습을 지시하는 수준이 아니라 수십 수백 명을 암살자로 다룰 수 있는 상황입니다. 사회 혼란을 유도할 수 있을 겁니다."

둘은 더없이 진지하게 고했다.

기사들이 가진 독에 대한 불안감은 이미 잘 알고 있다.

그리고 카일도 모즈의 의견에 공감한다.

그 이유가 무엇이든 평민이 기사를 암살하는 일이 빈번해진다면, 기사는 평민을 자애로 보살피지 못하게 될 것이다.

의심하고 경계하여 핍박하게 될 것이고, 그것은 계급 간의 반목과 충돌을 야기할 것이다.

기사들이 평민들을 완전히 억압하여 통제하면 영지는 경쟁력을 잃어 고사할 것이고, 평민들이 봉기를 하여 계급을 뒤집는다면 그 또한 체제가 전복되는 것이다.

그 어느 것도 허락하지 않을 것이다.

2장

"스승님께서 나에게 말씀하시길 모든 것에 능하여 전능이라 하였소. 경들은 그 말씀에 대해 어찌 생각하오?"

"옳습니다. 저희도 지크 공의 말씀에 동의합니다."

"예. 영주님께선 모든 것에 능하십니다. 지금까지 그 무엇에도 능하셨습니다."

"그러니 이번에도 능할 것이오. 내가 앞장설 것이니 염려치 말고 따르시오."

"예, 의심 없이 따르겠습니다."

카일은 휘이— 날카로운 휘파람으로 칸을 불렀다.

칸이 어디선가 안장을 물고 나타났다.

"휴슬레 경, 모은 물자를 바르테온으로 운송할 것이오. 대대적인 운송이 될 것이니, 그것을 명분으로 전 병력에 대한 이동 명령을 내리시오. 우선 병력을 물려 정비해야겠소."

"예, 알겠습니다."

"단, 다른 인원들에겐 지금 사안이 새어 나가지 않게 하시오. 자리에 없는 펜타소드들도 마찬가지요."

"예. 영주님께서 말씀하시기 전까진 함구하겠습니다."

"그리고 모즈 경."

"예."

"아까 색출한 낙원단원이 깨어나면 그들의 기지가 있는 곳을 심문하시오. 정확한 위치를 알지 못할 것이 분명하니 위치를 특정할 수 있는 정보를 모아 두시오."

"예, 가문의 모든 기법을 활용하여 꼭 정보를 만들어 놓겠습니다."

"비슈에게서도 정보를 수집하시오. 그녀는 협조를 잘할 것이니 심문으로 대처하지 마시오. 정신이 불안한 상태니 각별히 배려하시고. 기본적으로 초콜릿과 우유를 많이 준비해 주면 될 거요."

"예, 그 경지에 걸맞은 대우를 하겠습니다."

"좋소. 로펨과 아슬란에서 사람이 오면 대기시켜 두시오. 나는 지금 바로 푸스카 호수로 갈 것이오."

"수행원 없이 혼자 가십니까?"

"혼자 가는 게 빠르오."

카일은 그대로 박차를 가했다.

❀

불타는 땅에 깃발을 걷는다. 그 깃발마저 거둬들이면 이젠 정말 재밖에 남지 않은 땅이다.

"질리지도 않는군. 정말 영도가 공격받았는데도 병력을 빼지 않았다니."

"그러게 말입니다. 아무리 지크 공이 귀환했다곤 하나, 듣자 하니 본 병력은 전부 출정을 나가 완전 빈집이었다고 합니다. 그런 상황에서 공격을 당해 영도가 절반이나 불탔다는 군요."

"나 같았으면 전부 다 불러들였을 텐데 말이야. 어디 지크 기사단뿐이겠어. 다른 제후령에도 지원 요청을 했겠지. 이걸 보통 담력이 아니라고 해야 할 건지, 아니면 전략적 판단을 못하는 아둔한 머리라고 해야 할 건지……."

"그렇다고 하기에는 전쟁에서 이겼지 않습니까. 결과적으로 영도도 방어를 했고요. 아둔한 것은 아닌 것 같습니다. 아둔하다면 지금과 같은 소문이 나지도 않았겠죠."

"믿을 수 없는 소문들이 많아서 부풀려진 소문이가 싶었더니. 아무래도 영 없는 말들은 아닌가 봐."

"그러게 말입니다. 소문이 정말 다 사실인지 한번 가서 봐야겠습니다. 특히 온천탕 말입니다."

"전쟁도 끝났으니 내년 신년식은 그대로 진행하지 않겠
어? 그때 가면 되겠지."

"예, 기회가 된다면요."

"보시오들, 무슨 이야기를 그리 즐겁게 하고들 있소?"

그 둘의 대화에 제1 지크기사단장 슈벨름이 끼어들었다.

"아, 슈벨름 경, 별 이야기 아니었습니다. 신년식 때 영도
에 한번 방문해 보고 싶다 그런 것입니다."

"멀리 있었다 해서 듣지 못했을 거라 생각하지 마시오."

"왜 그리 까칠하게 그러십니까? 우리도 이적죄인들을 토
벌하는 데 애쓴 동료들이지 않습니까."

슈벨름은 가볍게 웃었다.

"그래, 그렇다고 합시다."

"그렇다고 하자고요? 말 참 이쁘게 하십니다."

"단장님, 임무도 다 끝난 마당인데 왜 그러십니까? 지크
단장님 아시지 않습니까. 우리 모두 바르테안인 걸. 그럼 일
보십시오."

슈벨름은 눈을 흘기는 그들을 그냥 보내 줬다.

심적으론 의심이 가나 확실한 물증이 없다.

그럴 때 감각만으로 움직여선 안 된다.

지금은 자신의 행동과 선택이 전부 정치적인 해석이 될 수
도 있다.

자칫 자신이 잘못하여 과한 선택을 했을 경우 그 선택은 전부 역풍이 되어 자신의 주군에게 돌아간다.

지금 같은 경우라면 영주인 카일이다.

증거 없이 과하게 손을 쓰면 선량한 영지들에서도 이적죄를 빌미로 다른 제후령을 완전히 복속시키고 자신의 입맛대로 영지를 재편하려고 하는 것이 아니냐 하는 의구심을 가질 수도 있는 일이기 때문이다.

그러니 확실해야 하고 조심스러워야 한다.

하지만 다른 의미로 얌전해선 안 된다.

증거가 없다 하여도 이빨은 드러내어 누구 하나 이 상황에 잘못 걸리면 그대로 목줄을 뜯어 놓겠다는 으름장을 내놓아야 경고가 된다.

그리고 볼트 저택을 허물고 주춧돌을 뽑아 놓은 것도 그런 경고의 하나였다.

"이봐, 시론, 돌아다닐 만하다고 갑자기 몸 쓰면 탈난다."

슈벨림은 볼트 저택 터에서 폐자재를 들추고 다니는 시론에게 말했다.

"단장님, 나오셨어요?"

"아침부터 뭘 그리 돌아다녔어. 일찍 나간 것 같던데."

"몸에 막 힘이 넘치는 거 있죠. 절로 눈이 떠져서요."

"그러면 가볍게 달리기나 한 바퀴 뛰면 되지, 왜 다 허물어진 저택은 뒤직거리고 있어?"

"뭐 좀 건질 만한 게 있나 해서요. 이적죄를 저지른 죄인들의 재산이니 동전 하나까지도 영주님의 금고로 들어가야 하잖아요."

"하ー. 녀석 네 충성심은 따를 수가 없겠구나."

슈벨름은 시론의 말에 잔잔히 미소를 베어 물었다.

"그래서 뭐 좀 쓸 만한 것을 찾았냐?"

"네."

시론은 등에 짊어지고 있는 망태기를 내려놓았다.

그 안에 부러진 쇠 부지깽이나, 구겨진 구리 틀 따위가 있었다.

녹여서 쓰려거든 쓸 수 있는 것들이니 환수할 재산으로 볼 수 있긴 하다.

"이것도 녹이면 다 돈이잖아요. 그리고 이거 보세요. 이건 거의 멀쩡한 촛대예요."

시론이 망태기를 뒤적거려 원통형의 촛대를 꺼내 보였다.

불에 타 그을음이 가득 묻어 있었지만 그 형태는 크게 상하지 않은 물건이었다.

"이건 그냥 닦아서 쓰면 쓸 수 있을 것 같지 않나요?"

시론은 촛대를 손에 쥔 채 돌려 가며 그을음을 닦았다.

"지금 닦아서 뭐 하게. 하지 마라, 장갑만 더러워진다."

"히이ー. 그럴까요?"

"그래. 보아하니 은촛대도 아닌 걸 가지고 그럴 것 없다."

"네. 그래도 이거면 투척도 하나는 만들 수 있지 않을까요?"

"그 정돈 되겠구나. 그래, 챙겨 놔라."

"그리고, 이거요."

시론은 주머니에서 뭔가를 꺼내 내밀었다. 손가락 크기 정도 되는 종이 뭉치였다.

"그게 뭐냐?"

"이 촛대 안에 돌돌 말려 있었어요."

"뭐? 이리 내 봐라!"

슈벨름은 반사적으로 그것을 낚아챘다.

"이-!"

종이를 펴 본 슈벨름이 이를 꽉 물었다.

연판장이었다. 볼트와 내통한 이름들이 적혀 있는 바로 그 연판장이다.

걸리면 빼도 박도 못하는 증거인 연판장을 왜 남겨 놓겠냐 싶기도 하지만 그렇기 때문에 모반을 꾀하는 자들끼리의 결속을 다지고 배신을 방지하는 강제력을 가진다.

그래서 연판장이 있을 거라 생각하고 저택을 뒤졌지만 찾지 못했더랬다.

저택을 허물어서까지 비밀 공간을 찾아내어 뒤졌지만 찾지 못했다.

하지만 크게 연연하진 않았다. 그러거나 말거나 볼트가 살

아남지 못할 것은 변함이 없기 때문이다.

볼트와 내통한 적들을 속속들이 찾아내지 못하는 것은 아쉬운 일이지만 볼트가 사라진 이상 그들은 위협이 되지 못할 것이고, 그 영역까진 자신의 역할이 아니기도 했다.

그런데 이렇게 연판장을 찾았다.

"시론, 너 이거 다른 누굴 보여 줬냐?"

"아니요. 단장님께 처음 보여 드리는 건데요."

"그럼 너는!"

슈벨름이 호통 쳤다. 시론은 찔끔하여 손을 모았다.

"너는 이걸 봤어?"

"보, 보긴 했는데요……."

"했는데-!"

"저, 저는 글을 몰라요. 그런데 딱 봐도 이상해서, 잘 챙겨 났다가 단장님께 드린 거예요."

"이거 어디서 났냐?"

"방금 보여 드린 촛대에서요. 촛대 머리를 돌리니까 있었어요."

"촛대 다시 줘 봐라."

"네."

시론이 얼른 촛대를 다시 꺼내 줬다. 그 말처럼 촛대 머리를 돌려 보니 작은 홈이 파여 있었다.

"이러니 찾질 못하지!"

"저, 심각한 건가요?"

시론은 눈치가 빠르다. 아니, 눈치 없는 사람이 봤어도 심각하다고 느낄 만큼 이미 반응해 버렸다.

그런데 가만 생각해 보니 그게 문제 될 건 없었다. 시론은 영주의 파발이자 담당시종이기 때문이다.

슈벨름은 연판장에 적힌 이름들을 찬찬히 읽어 내려갔다.

모르는 이름도 있었지만 귀족이라면 마땅히 알아야 할 큰 이름도 몇 개나 되었다.

'여기 이름이 적힌 자들은 볼트가 이 연판장을 가지고 있는걸 알고 있는 건가……. 아니, 아니다. 이건 내가 판단해서 대처할 수준의 범위를 넘어섰다.'

이 연판장에 있는 이름들을 상대하려거든 지금 있는 기사단만으로는 모자라다.

괜히 섣부르게 들쑤실 게 아니라 철저하게 준비해서 단번에 휘잡아야 한다.

전에 도박장을 휩쓸었던 것처럼 말이다. 그렇지 않으면 내전이 벌어지거나 뒷손이 많이 가게 된다.

"시론."

"네, 단장님."

"몸 상태 이상 없지?"

"네. 어느 때보다 좋아요."

"그럼 이거, 가주님께. 지크 공께 가져다드려야겠다."

슈벨름이 연판장을 다시 돌돌 말아 시론에게 건넸다.

"제, 제가요? 다른 기사분들도 많을 텐데……."

"네가 전령이잖냐. 그러니 네가 가라. 화급이다. 채비해라. 말을 내주마."

"네!"

시론은 즉시 바르테온으로 내달렸다.

✤

칸은 벤자르의 평야를 내질렀다.

옅은 겨울 별빛에만 의지하는 밤길이라 하여 그 속도가 죽지 않는다.

칸은 그렇게 거칠 것 없이 내달려 제 주인이 원하는 곳에 원하는 때에 맞춰 도달했다.

"어찌 이런 시간에 홀로 여기까지 오셨습니까?"

카일을 대면한 챠드가 걱정스러워 물었다.

지금 상황 자체가 심상치 않은 상황이었기 때문이다.

"기사단은 모두 어디 있소?"

"호수 인근의 마을들을 조사하도록 보냈습니다."

현 위치는 푸스카 호수로 들어가는 길목을 막고 있는 푸스카 요새다.

챠드는 우선 푸스카 요새를 점령한 후, 오브가 나는 오브

광산을 찾기 위해 수색 명령을 내린 상태다.

"요새를 점령할 때 저항이 거칠었소?"

"딱히 험하다는 느낌은 아니었습니다. 압도적인 전력 차라서 쉽게 함락했습니다."

"적들의 시체는 어떻게 처리했소?"

"한곳에 모아 태웠습니다."

"위치가 어디요?"

"시신을 태운 곳 말씀이십니까?"

"그렇소. 지금 안내하시오."

"아, 예."

챠드는 카일의 행동에 큰 호기심이 들었지만 우선은 명령대로 따랐다.

"주변으로 파견 나간 기사단은 전부 복귀 명령을 내리시오."

"알겠습니다."

카일은 우선 불에 탄 재무덤에 정밀 스캔을 시전했다.

타고 남은 나무 조각과 뼛조각이 섞여 있었지만 마나에 반응하는 오브를 찾아내는 것은 어렵지 않았다.

카일은 직접 먼지 날리는 재무덤을 뒤적여 그을음 묻은 오브를 찾았다.

수십 구의 시체를 한 번에 태운 것이라 누구의 몸에서 나온 것인지는 알지 못한다.

하지만 이곳에도 낙원단의 사람이 심어져 있었다는 증거로는 충분하다.

"광산은 아직 발견 못 한 것이오?"

"예. 수색 중에 있었습니다. 요새를 샅샅이 뒤졌지만 광산에 대한 정보가 없었습니다. 해서 주변으로 수색을 보낸 것입니다."

"내가 찾아보겠소."

"예."

카일은 요새 위로 올라갔다.

투시와 구조 분석 모드로 너른 시야를 살폈다.

광산이라면 반드시 흔적이 있을 텐데 마땅히 걸리는 게 없었다.

오브가 아주 귀중한 자원임을 생각하면 당연히 잘 숨겨서 관리했을 것이다.

그런데 한편 다르게 생각하면 소중한 만큼 최대한 많이 채굴해서 안전하게 보관하는 게 맞지 않을까?

그렇다면 이곳은 빈 땅인가?

애당초 푸스카 호수가 발원이라는 조사는 잘못된 것일까?

이곳에서 세뇌 오브를 발견했으니 그것은 아닐 거라고 생각한다.

'채굴하기 어렵거나, 자연적으로 위장이 쉬운 자리. 아니면 둘 다일 수도.'

마침 그 조건에 딱 맞는 지역이 있었다.

바로 눈앞에 있는 푸스카 호수였다.

카일은 메테오의 원료인 운철을 물속에서 건져 올린 경험이 있다. 오브라고 해서 그러지 말란 법도 없잖나.

카일은 요새 난간을 밟고 올라섰다.

그래도 호수를 한눈에 담을 각도가 나오지 않는다. 더 높은 곳으로 올라가야 한다.

주변에 밟고 올라설 나무가 마땅치 않다.

카일은 마나를 끌어 올려 극한의 배틀스텝을 운용했다.

그 발이 허공을 디뎠다.

턱턱, 계단을 오르듯 하늘을 밟고 올라간 카일은 보이지 않는 단상에 오른 듯 허공에 멈춰 섰다.

마나가 쭉쭉 뽑혀 났다.

왜 플라이 마법이 대마법사의 상징이라고 하는지 알 만한 마나 소모였다.

카일은 마나 출력을 더 높이며 광범위 구조 분석을 시전했다.

아랫배가 뻐근하다. 마나홀이 급격히 쪼그라드는 게 느껴졌다.

카일은 군다의 마나 운용식을 끌어왔다.

출력을 뽑아 올리는 데는 느리지만, 올려 둔 출력을 유지하는 데는 군다의 마나 운용식이 출중하다.

그런데 한번에 소모되는 마나가 너무 많다 보니 출력이 부족했다.

구조 분석의 시야가 널리 뻗어나가질 못하고 있었다.

어차피 시야를 저장하고 있으니 사진 찍듯 한 번만 보면 된다.

카일은 로운의 마나식을 당겨 왔다.

로운의 마나식은 단번에 출력을 뽑아 올리는 데 특화되어 있다.

군다의 마나식으로 잡아 뒀던 출력을 로운의 마나식으로 뽑아 올린 마나가 치받아 끌어올렸다.

번쩍 플래시가 터지는 것처럼 호수 바닥의 지형이 순간적으로 눈에 들어왔다.

목적을 달성한 카일은 자연스럽게 지면으로 내려왔다.

마나홀이 많이 쪼그라들었다. 숨이 찬다.

카일은 바르테온식 회복 호흡을 하며 휴슬레가 창안한 앵거류 마법 술식으로 마나 밀집을 가속화시켰다.

그렇게 밀집된 마나는 전부 카일의 호흡을 타고 마나홀로 흡수되었다.

마나 회복을 끝낸 카일은 방금 전에 기록한 구조 분석 결과를 노드에 앉힌 후 정밀 분석을 실행했다.

수중 동굴을 발견했다. 그 끝이 어디까지 이어져 있는진 확실치 않지만 직접 조사해 볼 가치는 충분하다.

카일은 망설이는 것 없이 어둠 스며든 밤 호수로 들어갔다.

단번에 길을 찾아 수중 동굴로 진입했다.

그 자리에서 구조 분석을 다시 시전해 길을 찾았다. 그 길 끝에 공기가 확보된 공간이 있었다.

수면에서부터 거리를 생각하면 여간한 잠영 능력으론 닿을 수 없는 거리였다.

하지만 카일에겐 전혀 제약 상황이 아니다.

푸후-. 통로 끝으로 올라왔다.

사방에 사람 손이 닿은 흔적들이 가득했다.

"맞게 찾았군."

얼마 되지 않은 통로에 크고 작은 오브들이 알알이 박혀 있었다.

옥처럼 덩어리진 광석채로 있는 게 아니라 자갈이 박혀 있는 것처럼 알갱이로 존재하는 게 신기했다.

이러면 광석을 캐는 게 아니라 주워 담으면 되는 수준이다.

카일은 벽면에 박혀 있는 오브 하나를 툭 뽑아 봤다. 별달리 어렵지 않게 뽑을 수 있었다.

카일은 구조 분석과 투시로 오브가 어디까지 있는지, 그리고 오브의 분량이 어느 정도 되는지 가늠했다.

추정치로 3톤 정도 분량이 나온다.

챠드가 푸스카 호수 탐색을 위해 대동한 기사단이 일곱 개다.

빠듯하게 잡아 140명이라고 해도 말이 140필.

대충 두당 20킬로씩만 짊어지면 다 옮길 수 있는 양이다.

카일은 그 이상의 오브가 없는 것을 알고 있으니 파악한 3톤 갈무리하면 이곳에 신경 쓸 필요가 없다.

오브를 채취하는 것도 어렵지 않다. 이미 땅을 파는 것이라면 몇 번이고 해 본 것이다.

카일은 챠드를 불러 기사단 병력까지 활용하여 모든 오브를 전량 수거했다.

그리고 나니 아침나절이었다.

기사들이 채굴한 오브를 정리하는 동안 카일은 식사와 잠깐의 휴식으로 모자란 잠을 보충했다.

"영주님, 출발 준비를 끝냈습니다."

카일은 인원과 함께 채굴한 오브의 수량을 확인했다. 문제 없다.

"나는 서둘러 영지로 복귀하겠소. 챠드 경은 인원들 낙오 없이 통솔하여 복귀하도록 하시오."

"예. 각별히 신경 써서 복귀하도록 하겠습니다."

그의 손에 채굴한 3톤의 오브가 달려 있다. 속도보다 안전이 중요하다.

카일은 다시 한번 안전을 주지시킨 후 벤자르로 복귀했다.

벤자르에 들어서니 거리를 오가는 바르테온 병력이 눈에 띄게 줄었다.

점조직으로 거리 수색을 하는 게 아니라, 단체로 물자 운송을 하기 때문이다.

"영주님, 데미트라 경은 도착하였고 라모스 경은 오늘 저녁쯤 되어야 도착할 것 같습니다. 그리고 아슬란과 로펨에서 호출한 인사들은 점심쯤 도착하여 대기 중입니다."

"로운 공을 먼저 들이시오."

"예."

카일은 집무실에서 로운을 먼저 대면했다.

방에 들어온 로운은 카일을 빤히 쳐다봤다.

"협정문에 대한 게 아닌 게지?"

"어찌 아셨소?"

"그랬으면 협정문이 테이블 위에 있었겠지. 자네같이 철두철미한 자가 준비가 안 되어 있으려고."

"그렇다 하니 말 돌릴 필요는 없겠소."

"무슨 목적인가?"

"별낙원이라고 아시오?"

카일은 바로 핵심을 물었다.

"별낙원? 아―. 이름은 몇 번 들어 봤지. 이르갈 그자 입에서 나왔었지 아마."

"별낙원에 대해서 아는 모든 것을 말하시오."

"아는 것이라고 해 봐야 별것 없어. 이르갈이 만든 훈련소였을 게야. 재능 있는 아이들을 지원해 달라 해서 쓸 만한 재목들 골라서 지원해 줬었네."

로운은 아무렇지 않게 대답했다. 카일은 그 태도에서 뭔가 괴리감이 느껴졌다.

"내가 말하는 별낙원은 일반적인 훈련소가 아니오. 그 두 가지를 구분하고 있소?"

"좀 더 높은 수준의 고등기관 말하는 것 아닌가? 거기 출신들이 쿠엔톤 형제들의 친위대로 배정됐을 건데."

"그 시설에서 어떤 식의 훈련이 자행되었는지는 알고 있었소? 알고 있다면 그리 아무렇지 않게 답할 수 없을 텐데."

"이봐. 내가 자네에게 패배하긴 했지만, 이 숄에선 내가 그런 것까지 일일이 신경 쓸 정도로 취급이 우습진 않아. 그리고 나는 이르갈 그놈이 처음부터 마음에 들지 않았다고. 겸상 한 번 한 적 없는 사인데 그놈이 뭘 하는지 알 바인가. 그런 자잘한 것이라면 뎅쇼에게 물어보도록 하게. 뎅쇼가 나보단 잘 알 게야."

"방금 지원을 해 달라고 해서 지원을 해 줬다고 했소, 당신 입으로."

"그거야 협조 요청이 왔으니 알고 있는 것이지. 그리고 그 문서에는 별낙원이란 명칭이 있지도 않았어. 지금 자네가 하는 이야기를 듣고 관계가 있겠구나 알아챈 것이지."

거짓을 말하는 것 같지는 않다.

그리고 전장에서 경험한 로운은 자신의 목숨을 버려 후대를 지킬 줄 아는 어른이었다.

그런 로운이 로펨의 어린 아이들이 고문과 세뇌 교육을 받았다는 것을 알았다면 그냥 두고 봤을 확률은 낮지 싶다.

"그리고 딱히 나쁘다고 생각하지 않았어. 평민 아이들이었다고. 그런 아이들이 귀족들이나 받는 마나 훈련을 받는 거야. 전쟁에서 진 마당에 할 말은 아니지만, 만약 우리가 전쟁에서 이겼다면 그 녀석들은 귀족이 되는 거라고. 나쁘지 않잖나."

"그래서 협조했다는 것이오?"

"협조고 뭐고. 나중에는 영지민들이 알아서 자기 자식을 보내고 그랬어. 속된 말로 전쟁이 없다고 해도 벤자르로 가서 몇 년 고생하고 나면 마나 유저가 되어서 나오는데 평민 부모들이면 눈 돌아갈 일이지."

"실종된 아이는?"

"뭐?"

"실종된 아이에 대해서 물었소."

"그걸 내가 어찌 알아."

"보낸 아이들에 대한 명부는 작성했소? 시설 안에서 죽거나 불구가 되었을 가능성에 대해서는 확인했고?"

"그걸 왜 나한테 따지나. 나는 정무를 보지 않았어. 영주가 없는 마당이고 배분이 높으니 그냥 대표 격으로 중심을 잡았을 뿐이야. 방금 전에도 말했지만 그런 것까지 내가 신경 쓸 게 아니었다니까."

로운은 불쾌해했고 당혹스러워했다. 연기를 하며 시치미를 떼는 건 아니다.

"알겠소. 그만 되었소. 나가 보시오."

"자네 말만 쏟아 내고 쫓아내긴가? 나도 좀 알았으면 좋겠는데 말이야. 자네가 이렇게 화를 내고 있는 걸 보면 이르갈 그놈이 뭔가 단단히 사고를 쳐 놓은 게지? 보아하니 우리 아이들도 연관이 있는 것 같은데 무슨 일이야? 자세히 말해 준다면 나도 협조할 부분은 협조할 용의가 있어."

"당장은 됐소."

"거참 무슨 영문인지 모르겠구먼. 이르갈 그놈이 저항군 같은 것을 숨겨 놨으면 그냥 처리해 버리면 간단할 것인데 이렇게까지 하는 걸 보면……."

로운이 마나로 카일의 기색을 읽으려 했다.

카일은 그것이 불쾌하여 불길같이 오러를 뿜어냈다. 노골적인 표현이었다.

"선배로서의 대우를 유지하고 싶다면 날 넘보려 하지 마시오."

"흠, 거 협조한다는데도 사람 무안하게 만드는구먼."

"협조가 필요한 일이 있으면 추후 공지할 것이니 지금은 물러나시오."

카일은 강하게 언질했다. 로운은 표정을 굳히며 불쾌한 기색을 비췄지만 다른 것을 요구할 입장은 아니었다.

카일은 로운을 물리치고 뎅쇼를 불러들었다.

카일은 뎅쇼에게도 바로 별낙원에 대해서 물어봤다.

"전에 말했던 이르갈 그 작자가 운영하던 여러 훈련소 중 하나일 겁니다. 벤자르 후계자들의 친위단장들이 대부분 거기 출신일 겁니다."

"자세하게 아는 바가 있소? 누가 운영했는지 시설이 어디 있는지와 같은 것 말이오."

"그렇진 않습니다. 이르갈이 직접 운영하는 비밀 훈련소의 이름이 별낙원이다. 그리고 그 별낙원 출신들이 대부분 쿠엔톤의 친위대로 배정된다 정도입니다."

어렴풋이 이름만 아는 정도이고 깊이 관여되진 않았다고 말하고 있다.

카일도 이르갈뿐 아니라 누가 되었든 별낙원의 실체를 사방팔방 떠들고 다녔을 것 같진 않다고 여기긴 했다.

"긍정적으로 보았소?"

"긍정적으로 보다니요. 분명 그때 훈련소 자체를 탐탁지 않았다고 말씀드렸는데요."

"그때 당신은 나에게 투항을 하려던 처지였소. 무슨 말이든 해야 할 상황이었지."

"아닙니다. 정말로 좋게 보지 않았습니다. 특히 별낙원에 들어갔다가 나온 애들은 완전 눈빛이 변해서 제 부모도 모른 척할 정도였습니다. 우리 영지민들을 데려다가 지들 친위대로 만드는데 어떻게 좋아하겠습니다."

"불만이 있었다면 시설을 확인해 볼 생각은 안 했소? 못해도 10년은 넘게 운영된 시설이었을 텐데."

"설립된 때부터 하면 그럴 수도 있을 건데, 친위단이 본격적으로 두곽을 보인 것은 3, 4년 전부터입니다. 그리고 자신들의 마나 훈련 방법은 골렘 연금 비법과 같은 기밀 요건이라고 하니, 마땅히 트집 잡을 만한 건이 없었습니다."

"지원한 아이들이 무사히 잘 수료했는지에 대한 관심은 없었소?"

카일의 말에 뎅쇼는 입을 꾹 닫았다.

"아이들이 실종되었는지, 죽었는지, 어땠는지 확인해 볼 생각은 없었냐 물었소."

다시 채근하여 물으니 뎅쇼는 난처하다는 듯이 볼을 긁적였다.

"평민 아이들이지 않습니까. 일일이 신경 쓴다는 생각 자체를 좀……. 그렇게 안 하지 않습니까, 일반적으로. 그리고 대다수 잘 성장해서 나왔습니다."

"더 솔직히 말해 보시오. 전쟁 준비가 잘되어 가고 있는 느낌이라 그냥 눈감은 것 아니오?"

"그, 그거야……. 그때 상황이면 그럴 법했습니다. 10살, 11살짜리를 훈련시켜서 4서클 5서클을 만들어 내니 뭐 어떻게 간섭을 합니까. 전쟁 준비하는 판인데……."

"옳지 못한 일이 자행되고 있다는 것은 어느 정도 눈치채고 있었다는 것이군?"

"딱히 그렇다기보다는……."

"그럼에도 묵과했고."

카일은 뎅쇼의 말을 잘랐다. 그러곤 그의 눈을 지그시 노려봤다.

뎅쇼는 마른침을 꼴깍 삼켰다.

"영주님, 영주님도 아시다시피 통상적으로 6살이 넘어가면 마나 훈련을 시작할 시기를 놓친 것으로 보지 않습니까. 그런 상황에서 11살 13살짜리 애들을, 그것도 평민 애들을 데려다가 4서클 5서클을 만들어 놓는 겁니다. 그러면 그게 어디 정상적인 방법만으로 가능하겠습니까? 그리고 그 정도 기회가 있는 거면 목숨 내놓으라고 해도 지원한다는 애들 수두룩할 겁니다."

"그 변명에 이르갈에 대한 두둔이 포함되어 있음은 자각하고 말하는 것이오?"

"그리 역정만 내시면 조금 억울합니다. 솔직히 말해서 그때는 바르테온과 우린 적이었습니다. 영주님이야 자신이 바르테온 그 자체이니 우리의 기분을 모르겠지만, 우리 입장에선 정말 괴물을 상대하는 기분이었단 말입니다. 전쟁을 준비하는 입장에서…….”

“우리가 침략했소?”

“예?”

“15년 전 그때도. 그리고 지금도 우리가 먼저 침략했냔 말이오.”

“아니……. 그, 그거야…….”

“됐소. 나가 보시오.”

“이르갈 그 작자가 자기 욕심 차리려고…….”

“나가 보라 하였소.”

카일은 단호히 일렀다. 뎅쇼의 표정이 딱딱하게 굳었다. 하고 싶은 말이 많아 보였다.

“관여하지 않았습니다. 정말입니다. 이르갈 그자가 뭐 하나 순순히 말해 준 적이 없었습니다.”

카일은 대답하지 않았다. 그저 변명을 늘어놓는 뎅쇼의 눈을 직시할 뿐이었다.

뎅쇼는 그 압박을 이기지 못하고 입을 닫았다.

“흐음. 저희를 그 작자와 같이 생각하지만 말아 주십시오.”

“나가 보시오.”

“……예.”

뎅쇼는 그제야 방을 나갔다.

카일은 드레노와도 같은 이야기를 진행했다.

이르갈이 진행하는 일이라 썩 탐탁지는 않았지만 그럼에도 효과는 좋았고 전쟁을 준비하는 일이었기에 긍정적으로 보았는 의견. 전체적인 반응은 뎅쇼와 다르지 않은 대답이었다.

셋 모두 반응을 보아하니 별낙원과 관련하여 직접 관여한 것은 없어 보인다.

하지만 방관했고 묵인했다. 그 방관과 묵인은 제 백성들에 대한 외면이다.

어떤 생각이었는지, 어떤 상황이었는지 과정적으로는 이해를 한다.

하지만 이해와 용납은 다르다.

카일은 저들의 행태를 용납할 수가 없었다. 그 피해자들이 아이들이잖나.

바르테안들은 거칠다.

화도 많고 성질을 부리면 과하게 손을 쓰기도 한다.

하지만 그 거친 성미로 약한 자를 괴롭히진 않는다.

강한 자와 맞서 싸우는 게 명예로운 것이지 약한 자를 깔아뭉개며 힘자랑을 하는 것은 비겁한 졸장부나 하는 짓이다.

바르테안은 누구나 그렇게 생각한다.

아이들에게 위험하고 거친 일과 훈련을 아무렇지 않게 시키긴 해도 그것을 잘하지 못한다고 아이를 때리진 않는다.

아이는 원래 못하는 게 정상이고 부딪치고 깨져 가면서 성장한다고 생각하는 것이 바르테온이다.

바르테온에서 기사들이 존중받는 이유는 바르테온의 기사들이 기사도를 실천하기 때문이고 모든 영지민들이 그 기사도를 공감하고 선망하기 때문이다.

그런 바르테온에서 아이들을 학대하고 고문한다?

몰매를 맞아 죽을 일이다.

"그저 그런 위정자들인 거지. 그저 그런 그뿐인 놈들."

저들에 협조를 구하고 싶지 않다. 공조를 하고 싶지도 않다.

로운이라면 그나마 좀 괜찮은 줄 알았더니, 그도 말하는 것을 들어 보니 평범한 영지민들이 아닌 귀족 가문의 후대만 챙기면 된다는 의식이었다.

정치는 모를까 통치를 해선 안 될 작자들이다.

이 세계의 보편적인 통치자의 평균이 저런 행태라 생각하면 또 한번 칼데온에게 감사하다.

'스승님께 다시 한번 감사드려야겠군.'

바르테온이 안으로 곪아 가고 있었을 때 꿋꿋이 중심을 잡아 주었던 게 칼데온이다.

그리고 자신의 권력에 욕심 내지 않고, 스스로 쥔 것을 덜어내 주는 사람이다.

저 로운과 비하면 얼마나 깊은 사람인가.

카일은 무심한 표정으로 이글루 박스를 열었다.

솔 지역 박스 하위, 통치 관련 하위, 로펨과 아슬란 항목 이다.

카일은 그 둘의 박스에 적어 놨던 자치 통치라는 항목을 지워 버렸다.

❖

칼데온 카일의 지시대로 레이첼과 함께 로살롯으로 이동 했다.

레이첼은 칼데온과 함께 로살롯에 입성하자마자 영주 계 승식을 진행했다.

칼데온이 반테르센과 인사를 다 끝내기도 전에 준비가 끝 났고 노을이 지기 전에 계승식이 끝났다.

여러 절차를 건너뛴 그 계승식을 두고 그 누구도 졸속이라 말하지 못했다.

레이첼이 이번 전쟁에서 보여 준 활약은 영지민들의 지지 를 받기 충분했고 그와 더불어 이미 기사단과 상인회를 손에 쥐고 있었기 때문이다.

"수고하셨어요. 어떻게 감사의 인사를 드려야 할지 모르 겠어요. 어르신 덕분에 쓸데없는 입씨름 하나 없이 편하게 계승식을 치렀어요."

"주어진 임무를 수행했을 뿐이니 나에게 감사할 것 없소."

레이첼의 인사에 칼데온은 무덤덤하게 대답했다.

정말 그녀의 감사를 자신이 받을 필요가 없다고 여겼기 때문이다.

"그럼 이 감사까지 모두 영주님께 돌리도록 할게요."

"합당한 방향이오."

칼데온은 가볍게 고개를 끄덕였다.

"그러면 바로 다음 일을 진행할게요. 사실 이게 더 손이 많이 가는 일이긴 해요."

삼촌들에 대한 무장해제를 해야 한다.

영주직에 오른 레이첼이 선택한 첫 번째 정무는 그것이었다.

"위치만 일러 주시오. 내가 휘 돌며 손써 주겠소."

"아니요. 어르신께서 발품 파실 필요 없어요. 제가 영주 칙령으로 영지로 소환하면 될 일이에요."

"그 말을 순순히 들을지 모르겠군."

"듣고 안 듣고에 상관없이 따지기 위해서라도 냉큼 달려올 거예요."

"그렇다면 일이 좀 빨리 진행되겠소."

"네. 얼른 정리해야 산에 올라가 볼 테니까요."

레이첼은 계승식을 하기 전에 산악 진지에 대한 파견 준비를 지시해 뒀다.

당장 급한 일의 순위를 꼽으라면 로살롯의 전후 복구와 함께 권력 안정화도 만만치 않았지만, 그럼에도 산악 진지 현장 근무를 최우선으로 꼽았다.

칼데온이 자신의 일을 흔쾌히 도와준 이유가 그것이기 때문이다.

"그 또한 합당하오. 레온을 올려놓긴 했으나, 인수인계를 제대로 받지 못한 탓에 영주께서 일궈 둔 일을 망칠까 걱정이오. 공께서 서둘러 올라가 자리를 잡아 놔야 고생한 결실을 온전히 수확할 것이오."

"공이라니요. 그냥 편하게 호칭해 주세요."

"공이야말로 다른 귀족들 앞에서 나에 대한 언행을 바로 해야 할 것이오. 공이 내비치는 공경과 존중은 모두 영주께 가야 하오."

"당연히 영주님도 존중하고 공경하죠. 어르신도 존경하고요."

"나에게 보낼 것까지 전부 영주께 가야 한다는 뜻이오. 이쯤 말하면 알아듣지 않소?"

"아······. 네, 이해했어요. 영주님께 모든 힘이 집중되도록요. 네, 그렇게 할게요. 혹여나 앞으로 제가 무덤덤해 보여도 어르신의 말씀을 따르는 것이니 이해 부탁드릴게요."

"좋소. 그러면 모든 일이 빠르게 진행될 수 있게 부탁하오."

"네. 최대한 빠르게 진행할게요."

그로부터 며칠 되지 않아 레이첼의 삼촌들이 로살롯으로 속속 도착했다.

그들은 모두 잔뜩 화가 난 얼굴로 기사단을 이끌고 영주 관저로 쳐들어왔지만 퍼붓고자 했던 말을 입 밖으로 낼 수 있는 자는 없었다.

레이첼 뒤에 칼데온이 버티고 있었던 탓이다.

그들은 그저 입을 꾹 다물고 레이첼이 손에 쥔 바르테온 혈맹서와 칼데온을 번갈아 쳐다볼 뿐이었다.

레이첼은 그들의 모든 권한을 박탈하고 제후령과 재산을 몰수했으며 기사단을 해체하였고 사병 또한 가질 수 없게 했다.

그야말로 돈줄은 물론이고 팔다리까지 전부 끊어 놓은 조치였다.

그 과정에서 다소 간의 충돌이 있을 번도 하였지만 칼데온의 존재감이 모든 것을 부드럽게 진행시켰다.

"지크 가주님, 로살롯 영주께서 행차하셨습니다."

접견실로 레이첼이 들어왔다.

이제는 명실공히 모든 군력을 쥔 로살롯의 영주다.

칼데온은 그녀의 위치를 존중하기 위해 자리에서 일어났다.

"지크 공, 정식으로 다시 한번 소개할 이들이 있어 찾아왔습니다."

레이첼 뒤로 그녀의 사촌 오빠들이 줄지어 섰다.

"일전 다들 본 얼굴이오."

"예. 앞으로 저를 대신해 영지의 정무를 보아 줄 의원들입니다. 저의 혈맹 중 일인으로서 이들의 얼굴을 똑똑히 기억해 주시길 부탁드립니다."

칼데온은 그들과 하나하나 눈을 맞춰 가며 큰 위압을 보냈다. 다들 감히 칼데온과 대면하지 못하고 고개를 돌렸다.

"그럼 나는 혈맹과 긴밀히 논할 것이 있으니 의원들은 물러가 의회를 구성하시오."

레이첼의 명령에 의원들이 바로 뒤돌았다.

"이보시오, 의원님들."

그런 그들을 칼데온이 불러 세웠다. 굳이 검을 꺼낼 필요는 없었다.

"영주의 명령에 대꾸도 없이 등을 돌리는 것은 어느 영지의 법도인 것이오? 혈맹 서약에 근거하여 로살롯 영주에 대한 무례에 참견을 좀 했으면 하오만."

"아, 아닙니다, 지크 공. 영주께서 나가 보라 하여 급히 명을 이행하느라 그런 것입니다."

"다시 정중히 인사를 하고 나갔으면 하오."

"예, 지크 공. 그럼 영주님 저희는 명받아 의회를 구성하겠습니다. 두 분 말씀 나누십시오."

"물러가겠습니다."

그들은 벌겋게 달아오른 얼굴로 고개를 숙이곤 방을 나갔다.

레이첼은 조심스럽게 방문이 닫히는 것을 보곤 쿡쿡 웃었다.

"쿡쿡, 일부러 더 신경 써 주셔서 감사해요."

"내 처음 영주께 공의 사정을 들었을 때는, 저들의 팔 한 짝씩은 잘라 놔야 할 줄 알았소."

"저도 마음 같아선 팔 한 짝이 아니라 목을 치고 싶다만~. 어쩌겠어요. 아버지도 걸리고, 일도 많고."

레이첼은 생글생글 웃는 얼굴로 칼데온과 마주앉았다.

"의회라는 조직은 처음 듣는데, 일부러 만든 것이오?"

"네. 단독 권한이 없는 의결기관으로 뒀어요. 의원들의 보좌관들은 전부 제 사람으로 넣었고요."

로살롯도 일이 많다.

기존에 있단 상권 유지와 전후 복구만 해도 많은 양이다.

그리고 레이첼은 산악 진지로 올라가야 한다.

쓰고 싶어 쓰는 게 아니라 써야 해서 쓰는 것이다.

"그간 쌓인 게 많을 텐데 배포를 크게 썼소."

"바르테온에서 힘을 대 주고 있으니, 이제 저들은 위협이 되지 않죠. 위협되지 않는 자들을 죽이는 건 화풀이고요. 전부 다 치우기엔 명분이 약하기도 하고요. 그래서 일단은 일

전능하신
영주님

이라도 시키게요."

"잘했소. 허튼짓을 한다 치면 언제든 손을 빌려 주겠소."

"감사해요. 사실 어르신께서 이렇게 적극적으로 도와주시지 않았다면 의회까지는 생각 못 했을 거예요."

"바르테온을 위해 한 일이니 감사는 받지 않겠소."

"그 일이 저의 일이기도 한걸요. 다시금 감사드려요. 지금은 둘만 있으니까 이렇게 인사할게요."

레이첼은 다소곳이 일어나 깊게 허리를 숙였다.

받기 거북한 인사는 아니니 무를 건 없었다.

"그럼 내일까지 의회 정리하고 내일 모레 산악 진지로 올라갈게요. 어차피 바르테온을 경유해서 가야 하니 어르신께서도 그때 함께 움직이시는 게 어떠세요?"

"좋소. 그리하리다."

이틀 정도 더 있는다고 별반 탈 날 것도 없다.

똑똑똑-.

"지크 가주님. 바르테온에서 가주님께 사람이 왔습니다."

문밖의 시종이 말했다.

"바르테온에서 온 거면 영주님은 아닌가 본데요. 들라 해."

방문이 열리고 시론이 들어왔다.

"시론, 볼트령에 있던 것 아니냐? 네가 웬일로 로살롯까지 왔어."

"어르신, 로살롯으로 향하셨다 해서 찾아왔습니다. 여기, 슈벨름 단장님이 보낸 서신입니다."

"슈벨름이? 이런 고얀. 영주님의 파발을 제멋대로 가용하다니. 벌을 내려야겠군."

칼데온은 시론이 내민 서신함을 잡으려는 찰나, 다시 방문이 열렸다.

"지크 가주님, 여기 계셨군요!"

사일론이 뛰다시피 방 안으로 들어왔다. 다급한 표정이다.

"자네, 무슨 일이야?"

"영주님께서 보낸 서신입니다. 바로 확인해 보셔야 합니다!"

사일론도 칼데온 앞에 서신을 내밀었다.

칼데온은 그렇게 두 개의 서신을 동시에 받았다.

칼데온은 사일론의 서신을 먼저 잡았다. 그것이 카일에게서 온 것이기 때문이다.

"자네가 전령으로 올 정도면 여간 일이 아닌 게지? 영주님의 신변에 문제라도 생긴 겐가?"

"일은 작지 않지만 영주님의 신변엔 아무 문제 없습니다. 저는 공께 서신을 전하고 바르테온에서도 임무를 수행하기 위해서 차출된 것입니다."

"일단 내용부터 확인하지."

칼데온이 봉인을 뜯고 그 내용을 읽었다.

서신에는 별낙원과 세뇌 오브에 대한 핵심적인 설명과 함께 그에 관련된 지시 사항이 적혀 있었다.

"남겨 두면 안 될 놈들이로고."

칼데온은 있는 그대로의 분노를 표출했다.

"저, 심각한 건가요? 저는 나가 있을까요?"

레이첼이 눈치를 보아 물었다.

"아니오. 나에게 내려온 지시가 로살롯에서의 대처이니 공께서도 알아야 할 일이오. 공에 대한 언급도 있으니 직접 읽어 보시오."

칼데온이 레이첼에서 서신을 건넸다.

서신을 확인한 레이첼의 표정도 심각하게 굳어 버렸다.

"와…… 무슨 말을 해야 할지 모르겠어요. 이 내용이 있는 그대로의 사실이라면 정말 미친 작자들이에요. 미치지 않고서야 어떻게 사람 머리에 세뇌 장치를 심을 생각을……."

레이첼은 소름이 돋아 어깨를 잘게 떨었다.

"이럴 게 아니라 얼른 조치하죠. 감옥에 포로들이 있어요. 제가 안내할게요."

"저, 이것도 확인 부탁드리겠습니다. 급한 것이라고 했습니다."

시론이 재차 서신함을 내밀었다. 칼데온이 슈벨름으로부터 온 서신을 확인했다.

"허허. 사방 천지 살려 두면 안 될 놈들투성이로구먼."

칼데온은 허허 웃었다.

하지만 그의 온몸에서 감히 견디기 어려운 살기가 줄줄이 뿜어졌다. 도살자의 웃음이었다.

"어르신, 시, 심각한 건가요? 나가 있을까요?"

"펜 좀 쓰겠소."

"아, 네. 여기요."

레이첼이 얼른 필기도구를 밀어 줬다.

칼데온은 수신인에 카일을 적고 단숨에 서신을 채워 나갔다.

현 사안에 대한 상황을 먼저 쓰고 그다음 그에 대한 조치를 적기 전에 그의 손이 우뚝 멈췄다.

이적죄를 고하면 카일이 어떤 선택을 할지 너무도 선명이 그려진 탓이었다.

카일은 지금까지도 선을 넘었다 싶은 일에선 파격을 넘어 경악에 가까운 조치들을 눈 하나 깜짝하지 않고 명령했다.

있는 그대로 고하면 전부 치우라 할 것 같았다.

칼데온도 그것이 맞다고 여긴다.

영지를 팔아먹은 이적죄인 만큼 일벌백계하여 단단히 본을 세우는 게 옳은 것이다.

그런데.

"많구나."

가문 하나 멸문시키면 최소 수십 단위로 목이 날아간다.

제후령을 손보면 수백 단위로 목숨이 날아간다.

가까이서 살필 수 없는 제후령이기에 죄를 물자면 끝도 없이 물려지는 것이고, 또 사실 물려야만 하기도 한다.

제후령을 손댄다 치면 제후령주 가문과 아무런 연관이 없는 사람들만 남을 때까지 죄를 엮어서 처리해야 된다.

그러다 보면 수천 단위까지 죄인이 불어나기도 한다.

이미 볼트에서 한번 그렇게 했다.

사실 정확히 따지면 두 번째다.

카일이 친정을 시작한 직후 제일 먼저 한 것이 영조의 섭정파를 처단한 것이었다.

그때도 수백 단위로 피를 흘렸다.

그다음 볼트령에서 수천의 피를 보았다.

그런데 여기에 더해 굵직한 제후령만 세 곳에 성주의 이름도 다수 포함되어 있다.

이들을 전부 지금까지와 같은 규율로 묶어서 처리한다?

모르긴 몰라도 만 단위에 육박할지도 모른다.

그 피의 무게와 비난의 무게를 자신 혼자서 전부 쥐고 있을 수 있을까?

아무리 학살자라는 위명이 있다곤 하나, 이만한 피의 파도를 자신 혼자 다 받아 마실 수 있냔 말이다.

분명 카일에게도 피가 튈 것이다.

물론 카일은 그것을 걱정하지 않을 것이다. 손에 피 묻히는 것을 두려워하는 성격이 아님을 알고 있다.

그래서 더 마음에 걸린다.

카일이 친정을 시작한 이후, 지금까지 단 하나의 오점도 만들지 않았다.

단호한 처벌을 내린 경우도 적지 않았지만 그 처벌의 단호함이 명분보다 큰 적이 없었다.

이번은 다르다. 규정대로 하면 피가 너무 많다.

'이 피를 내가 온전히 다 막지 못하면 영주께 피가 튄다. 그러면 내가 그 오점을 남기는 꼴이지 않은가.'

칼데온은 결국 서신을 완성하지 못하고 펜을 놓았다. 생각할 시간이 필요했다.

"저, 어르신, 괜찮으세요?"

레이첼이 눈치를 보며 물었다.

칼데온은 레이첼의 눈을 보았다.

염려 가득한 얼굴에도 빛은 초롱초롱하다.

"그러고 보니 공 또한 영주이구려."

"네?"

"공 또한 영주라 말했소."

"네. 저는 영주예요. 어르신께서 올려 주셨잖아요."

"아니, 그것을 말함이 아니외다. 영주는 태어나기만 해서 되는 것도 아니고 되고자 하여 되는 것도 아니오. 영주로 태어나 영주가 되고자 하여 영주가 되었을 때, 비로소 영주가 되는 것이지."

"저, 그게 무슨 말씀이신지……."

"공께선 아주 어렸을 때부터 영주가 되고자 하였지 않소."

"네. 7살 때 오빠들이 저를 따돌릴 무렵부터요. 반드시 영주가 될 거라고 다짐했어요."

레이첼은 고개를 크게 끄덕이며 답했다.

"어렸을 때부터 기사를 꿈꿔 기사가 된 이와 영주를 꿈꿔 영주가 된 이의 생각은 다를 수밖에 없으며, 그 다른 생각이 다른 견해와 통치를 유도하는 법이라 생각하오. 공은 그러한 영주이니, 한번 봐 보시오."

칼데온은 레이첼이 카일을 사모하는 것을 알고 있다.

그것은 여인이 이성에게 보내는 연정의 감정이 아니다.

영주를 꿈꾸는 자가 자신이 따르고 싶은 이상향에게 보내는 숭상이자 존경이다.

그것을 알기에 괜찮다 싶었다. 그녀라면 분명 카일의 일 또한 자신의 일처럼 화내고 걱정하고 궁리해 줄 것임을 믿는다.

"이, 이건…… 연판장인 거죠? 볼트 가문과 내통한-."

그녀의 말에 사일론이 소리 없는 비명을 질렀다. 고개를 길게 빼 보지만 레이첼의 손에 들린 서신의 내용이 보일 리 없다.

"그렇소."

"마, 많네요. 어르신의 말씀처럼 많아요."

"일찍이 영주께선 영외지불가연의 율을 지켜 볼트령을 벌하지 않았소. 그런데 이렇게 또 한번 일을 낸 것이지. 포용과 아량에 칼을 겨눈 꼴이니 명분이 부족하지는 않소."

"절차대로 처리하신다는 건가요?"

"지금까지 그리해 왔소. 벤자르가 바르테온의 안방까지 쳐들어왔을 때도, 영주께선 단호함을 잃지 않으셨지. 그것이 우리 바르테온이고, 바르테안이신 영주님의 결기이시오."

"그, 그거야 잘 알죠. 선을 넘기면 누구보다 무서운 분이란 건……."

"바르테온이 기만과 거짓을 두지 않겠다 하신 그 뜻을 생각하면 온몸에 피를 뒤집어쓴다 한들 마다하지 않을 분이지."

"네. 한다면 하신다는 분이니까요."

"그러니 공의 눈으로 한번 봐 보시오. 공은 이 사안을 두고 어떤 말을 영주께 전하겠소?"

"잠시만요. 잠시만 숙고할게요."

레이첼은 얼른 펜을 쥐었다. 입술을 꾹 다물곤 빠르게 글을 써 내려갔다.

그것은 레이첼이 파악하고 있는 바르테온의 상황과 사업에 관한 것들이었다.

-루카시스 이남 지역에 대한 상업력 확장

-드워프들과의 유대 유지 및 광산 개발

-솔 지역에 대한 영향력 정착

-전후 처리

"굵직한 것들만 따져도 이 정도예요. 그리고 방금 전에 새로운 이슈까지 하나 더해졌어요."

레이첼이 사일론을 보며 말했다.

"울타리를 뛰어넘는 늑대는 찾기 쉬워도 곳간에 숨어든 쥐는 찾기가 어려워요. 더 많은 사람이 필요할 거예요. 더군다나 이런 기괴한 술수까지 부린다면 생각할 게 더욱 많을 수밖에 없어요."

"해서, 살려 두라?"

"어르신께서도 일거에 처리하는 것이 마땅치 않아 저에게 의견을 물으신 것 아닌가요? 저는 마땅히 살리는 게 낫다고 판단했어요."

"그냥 살려 두라 하면 영주님께서 듣겠소? 누구보다 거짓과 기만을 혐오하시는 분이오."

"영주님은 단호한 분이시죠. 하지만 효율을 크게 중요시하시는 분이기도 해요. 영지를 위한 과업을 소중하게 생각하시는 분이시기도 하죠. 그러니 이들에 대한 벌로 단두형이 아닌 노역을 부과하자 하면 한 번쯤은 생각하실 거라고 봐요."

카일은 벌로써 노역을 삼은 적이 없다.

있다면 도박 사기꾼들을 잡아 처벌한 게 있지만, 그것은 일손이 부족하여 그리한 게 아니라 그들의 삶을 보며 거짓과 기만을 행하지 말란 뜻의 표출이었다.

그리고 벌이 필요한 상황이라면 아무리 중요한 상황의 중요한 인원도 가차 없이 과업에서 배제한다.

열신제를 준비하던 데미트라가 열신제 동안 근신형을 받은 것은 정무관들 중에 모르는 사람이 없다.

"노역이라―."

"여기 차일드 가문요. 의사장님의 가문 맞죠? 치유 특성은 아주 귀하잖아요. 특히 영주님이 의사원을 얼마나 키우고 싶어 하는지는 저도 잘 알아요. 산도 그것 때문에 오르신 거잖아요. 이 차일드 가문을 이적죄로 처벌하지 않고 전부 노역으로 부리면 어떠겠어요? 영주님께서도 괜찮겠다 싶어 하지 않을까요?"

"그 이름들은 모두 마나 유저들이오. 서클을 제하지 않으면 그보다 많은 통제 병력이 붙어야 하고 서클을 제하면 능력적으로 이익 볼 게 없소. 인력 대비 생산의 총량에 있어서 크게 이득 볼 게 없단 말이오."

칼데온의 말에 레이첼이 대답 없이 입술을 꾹 다물었다.

칼데온을 똑바로 쳐다보는 레이첼의 눈동자엔 퍽 당돌한

기운이 어려 있었다.

"무슨 말이기에 그리 입을 다물었소? 공께서 영주님을 위한다는 것은 의심하지 않으니, 나는 개의치 말고 있는 그대로 말해 보시오."

"흠흠. 그럼 감히 무례를 무릅쓰고 말씀 올릴게요. 그 부분에 대해서는 어르신께서 생각할 바가 아니라고 생각했어요."

레이첼은 입에 머금었던 말을 눈을 질끈 감으며 또박또박 뱉어 냈다.

칼데온은 순간 턱을 당겼다. 자신이 무슨 말을 들었나 싶었기 때문이다.

"보시오! 아무리 영주님의 총애를 받는다곤 하나 지크 공께 무슨 언동이오!"

"사일론, 되었네. 틀린 말을 한 것도 아니지. 허허허. 그래 그 말이 맞아. 내가 생각할 바가 아니지. 겨우 검 조금 놀리는 재주만 가져 놓고 감히 모든 것에 능하신 영주님의 판단을 앞서려 했으니. 허허, 하하하하. 이것 참 내가 별것도 아닌 걸로 심각했나 보구먼."

칼데온의 얼굴이 부드럽게 풀렸다.

"그러고 보니 그래. 영주님께서 아무리 무지불식간에 일어난 일이라 한들, 대처하지 못한 게 있으시던가. 이번 전쟁도 그렇고 말이야."

"네, 맞아요. 영주님께선 항상 답을 가지고 계시죠. 그러니 저희들은 그저 상황에 대해 제대로 알리고 할 수 있는 것과 할 수 없는 것을 구분하여 답하며 알맞게 따르면 된다고 생각해요."

"그 말 정답이오."

칼데온의 시선이 창밖으로 흘렀다. 동북 방향. 카일이 있는 자리였다.

"모든 물자는 전부 고원 요새로 운송 중입니다. 병력에 대한 소집도 끝난 상태입니다."

"모즈 경, 심문은 결과는 어찌 되었소?"

"송구하오나 유의미한 정보는 아직 만들지 못했습니다. 숨기고 있는 것을 자백하게 하는 게 아니라 기억의 조각을 모아 내야 하는 작업이라, 지역을 특정하기 위해서는 더 많은 표본이 필요합니다. 심문 기록은 전부 작성해 두었습니다. 바로 보고 올리겠습니다."

"더 많이 취합된 후에 받겠소."

"예."

"그러면 이동을 명하겠소."

카일의 명령에 벤자르에 주둔해 있던 모든 바르테온 병력이 루카시스고원으로 이동하기 시작했다.

긴 행렬이 줄줄이 이어졌다.

철수하는 바르테온군을 보며 벤자르인들은 상황이 어찌 돌아가는 것인지 몰라 고개를 갸웃거렸다.

누군가는 쫓아와 묻기까지 했다. 물론 대답해 주는 이들은 없었다.

명령을 받은 기사들도 왜 이런 명령이 내려졌는지 모르기 때문이다.

"영주님, 밤새 한숨도 못 주무시지 않으셨습니까?"

휴슬레가 곁에 와서 물었다.

"별 것 없소."

"마차가 있습니다. 잠시라도 눈을 붙이시는 게 어떠신지요?"

"잠이 올 기분이 아니오."

그리 말하는 카일의 입꼬리가 쓱 말려 올라갔다.

분노한 표정이 아닌 설레 하는 표정이었다.

"영주님, 제가 아둔하여 말씀 올립니다. 지금 상황이 마땅히 즐길 만한 상황인 것인지요?"

휴슬레는 그 이유를 묻지 않을 수가 없었다.

"재미난 생각이 든 탓에 웃음이 새어 버렸나 보오. 사실 웃을 만한 일은 아니오."

"어떤 재마난 생각인지 여쭤어도 되겠습니까?"

"이 솔 땅에는 기사도가 없소. 벤자르는 말할 것도 없고 로펨과 아슬란에서도 찾을 수 없더군."

"간악한 자들입니다. 그러지 않고서야 과거에도, 또 지금도 침략을 했겠습니까."

"그러니 그런 숄의 위정자들을 본 백성들이 우리 바르테온의 기사도를 보면 어떤 생각을 하겠소?"

"그야……."

휴슬레는 말을 늘이며 정확히 대답을 하지 못했다.

숄리안들이 가진 바르테온의 대한 반감이 얼마나 큰지 아는 탓이었다.

"지금이야 전쟁 직후이니 반감과 억하심정이 클 것이오. 하지만, 시간이 지나고 우리가 익숙해지면 마음에서 따르고 싶은 기분이 싹트게 될 거라 생각하오."

"예, 그렇습니다. 그 누구라도 백성들을 위하는 영주님의 정성과 아량을 본다면 마음으로부터 따르고자 할 것입니다. 숄리안들도 언제고 영주님의 품에 들 것입니다."

"너무 그리 확정하여 말하진 마시오. 하하. 누가 들으면 말만 요란하다 할까 부끄럽소."

카일은 괜히 자신의 마음속 욕심을 내비친 것 같아 가벼운 박차로 휴슬레를 앞섰다.

휴슬레의 얼굴에도 어느샌가 불편함이 사라지고 설렘이 깃들었다.

"모든 기사들은 자진하여 대열을 보살피라! 오늘 내에 선착장까지 이동할 것이다!"

휴슐레는 맑은 목소리로 기사들을 독려했다.

점심때가 지났지만 아직 고원에 오르지 못했다.

수레가 많아 속도가 더딘 탓이다.

"영주님, 금일 선착장까지 행군하려면 지금쯤 한번 쉬어 줘야 할 듯합니다. 고원까지 오르는 산이 높아 우마가 버티질 못합니다."

챠드가 와서 말했다.

카일은 산중턱을 오르고 있는 행렬을 내려 보았다.

수레를 끄는 우마를 타깃으로 하여 순식간에 전체 스캔을 해냈다.

"요새까지 올라가기엔 충분할 것이오. 그곳에서 조를 나눌 것이니 이대로 이동하겠소."

"조를 나누어 이동하는 것입니까?"

"어차피 배가 모자랄 것이오."

바르테온에서 로살롯으로 올라올 때도 배가 충분하지 않았다.

빡빡하게 끼워 타고 올라왔는데, 지금은 날라야 할 짐까지 추가된 상황이다. 한번에 전부 이동하지 못한다.

"그리고 통신 라인을 구축해야 하기도 하고. 여하튼, 오늘 중에 바르테온행 배를 타는 것은 일부요."

"예. 그러면 식사는 이동식으로 해결하라 하겠습니다."

"그러시오."

카일은 이따금 등 뒤의 비슈를 살피며 천천히 고원을 올랐다.

행군 속도를 맞추기 위함이기도 했고 여러 가지 생각을 정리하기에도 적당한 때였다.

아침 일찍 출발했지만 점심을 훌쩍 넘긴 시간에 고원 요새에 도착했다.

카일은 펜타소드를 소집하여 정리한 계획 중 한 가지를 설명했다.

"배는 4시간 간격으로 한 대씩 차례대로 출발시킬 것이오. 각 배마다 통신 오브를 배치할 것이고 그것으로 숄과 로살롯, 바르테온을 연결하는 통신 라인을 삼을 것이오."

"현시점부터 그 통신 라인을 유지하신다는 말씀이신지요?"

"그렇소."

"그러면 바르테온~숄 구간에만 족히 수십 대의 선박이 상시 유지되어야 하는 것 아닙니까?"

"맞소."

"현재 보유하고 있는 선박 대부분을 전부 투입해야 될 겁니다. 강 이남으로 보내는 상행단이 사용할 배가 남지 않게 되는 것 아닐지요?"

"로살롯도 이번 전쟁에 선박을 많이 잃어서 대안이 되지 못하는 것 아닙니까?"

"그 또한 맞소."

카일은 당연하다는 듯이 답했다.

그들은 따져 묻는 표정이 아니라 호기심 어린 표정일 뿐이다. 카일이 그런 것을 고려하지 못했을 리 없다는 믿음이 확고하기 때문이다.

"통신관은 땅을 따라서 두어도 될 터인데, 굳이 이렇게 조치하시는 의중을 여쭈어도 되겠습니까?"

"모든 상황이 바뀌었기 때문이오."

당초 상업력 확장은 바르테온강 하류인 콘스칸 지역과 루카시스강 남하류인 글레인 지역으로 뻗어 나가는 것이었다.

그런데 그것은 어디까지나 로살롯과의 관계를 의식한 것이다.

바르테온이 숄 연합과 거래를 할 것도 아니었고 상류로 올라가는 것은 로살롯의 상업망에 침투하는 꼴이다.

콘스칸과 글레인이 더 매력적인 시장이어서가 아니라 당장 선택할 수 있는 선택지 중에 그것이 가장 효율적이었기 때문이다.

"그런데 지금은 그보다 더 매력적인 시장인 숄을 얻게 되었소. 상업적으로도 그렇고 정치적으로도, 통치적으로도, 군사적으로도 숄에 모든 역량을 투입해야 하는 것이오."

"그러면 하류로 향하는 상행단 사업은 어찌 되는 것인지요?"

해당 사업을 총괄하는 라모스가 물었다.

"추가로 여력이 될 때까진 투자를 줄일 것이오. 하지만 반드시 영향력을 확장할 것이니, 잠정 중단하는 것이 아니오."

"이번 전쟁으로 진행하던 임무가 중간에 끊겼습니다. 하지만 유의미한 결과를 내고 있던 상행단도 있었습니다. 그들의 사업도 잠정 중단해야 하는 것입니까?"

시점적으로 보면 카일이 산악 진지에 있다가 급히 내려와서 전쟁을 수행한 것이고 지금은 그 후처리를 하느라 바쁘게 돌아다니고 있는 중이다.

산악 진지에서 상행단에 대한 보고를 받긴 했으나, 긴급소집 시점까지의 중간보고는 받지 못한 상태이다.

라모스는 벤자르에서 상권 조사를 하러 다니면서 그 상행단 인원을 대동했고 틈틈이 기존의 상행 업무의 진행도를 파악해 두었다.

지금 그에 대해서 말하는 것이다.

"유의미한 성과가 있었소?"

"예. 긴급 소집을 받기 전에 이미 거래를 트고 영지로 복귀하고 있던 단도 몇몇 있었습니다. 거래의 사인을 받고 복귀한 단도 있고요. 다섯 개 단은 거래 유지가 가능할 것이고 추가로 세 개 단은 조금만 더 신경 쓰면 거래를 틀 수 있는 상황이었습니다."

"애써 성과를 냈는데 무시할 수야 없지. 알겠소. 그에 대한 것은 고려하겠소. 그러면 선박에 대한 조율이 조금 필요하겠군. 일단 현행대로 통신 라인 구축 후에 여유분을 추려 주겠소."

"하아! 예, 영주님 감사합니다. 상행기사에겐 그렇게 하달해 두겠습니다."

"영주님, 저도 한 가지 여쭈어도 되겠습니까?"

"저도 한 가지 질문 있습니다."

휴슬레와 모즈가 함께 손을 들었다.

"휴슬레 경부터 말하시오."

"앞으로의 총력을 숄 지역에 집중하시겠다고 하셨는데, 하면 현재 지붕을 개발하고 있는 북부 개간 지역에 대한 것은 어찌 되는 것입니까?"

숄 지역은 비옥한 평야 지대다. 산맥에 둘러싸여 있는 내지가 전부 농경지로 빈틈없이 꽉 차 있는 실정이다.

이번 전쟁으로 해당 농경지의 주인들이 많이 사라졌다.

그에 대한 소유권을 영지 직할로 돌리기 좋고 그 영지 직할은 전부 바르테온의 손에 떨어지게 될 거다.

이제 막 개간을 시작하고 있는 땅과 이미 완성된 알짜배기 농경지를 두고 생각한다면 당연히 후자에 인력을 집중하는 게 옳은 판단이다.

다만 전자를 책임지고 있는 책임자의 관점에선 신경 쓰이는 일일 수밖에 없다.

"휴슬레 경, 경의 건의는 지금 주제와 벗어나 있소. 정무회의에서 공식적으로 다뤄야 할 것이오."

"아, 그렇군요. 송구합니다. 라모스 경의 주제와 연결되는 통에 제가 큰 맥에서 벗어났습니다."

"모즈 경은 무엇이오?"

"아닙니다. 저도 생각해 보니 현 주제와 벗어난 내용이었습니다."

"일단 들어야 내가 생각할 것 아니오. 바르테온으로 향하는 중에 고민할 것이니, 말해 보시오."

"치안 병력에 대한 분배를 어찌 잡아야 하나 고민이 들어의중을 여쭈려 한 것이었습니다. 통신 라인에 상행단까지유지하신다고 하여서요."

"그에 대한 것도 염려 마시오. 그 또한 생각하고 있는 바가 있소."

"절대적인 기사 인력이 부족하지 않는지요? 해서 저는 내심 신규 기사단을 창단해야 하지 않나 건의드리려 했습니다. 이번 전쟁으로 공을 새운 견습기사들과 종자들이 제법 되니 그들을 추리면 좋겠다 생각했습니다."

"그 또한 좋은 방편이오. 자 자, 자세한 것은 정무회의 때 다시 논하도록 합시다. 지금은 통신 라인 구축과 함께 복귀 노선을 짜는 것에 집중하겠소."

"예!"

다들 염려 없이 맑게 답했다.

그들의 영주가 아무런 흔들림 없이 곧았기 때문이다.

확고한 비전과 계획을 가진 리더를 따르는 것은 이토록 편안하다.

"휴슬레 경은 물자 중 우선순위로 운송해야 될 것을 앞 순위로 추리도록 하시오. 모즈 경은 요새에 남을 병력을 추려 놓고, 데미트라 경은 힘이 남은 운송 인력을 추려 두시오. 그들을 1조로 해서 이동할 것이오."

"예, 알겠습니다."

"라모스 경은 상행기사들 중에 통신을 담당할 통신관을 추려 두시오. 통신 라인은 숄과 이어지는 상선과 겸용될 것이니 상업을 보는 눈도 가지고 있어야 하오."

"알겠습니다. 한데, 뛰어난 자들은 기존 상행에서 결실을 본 자들인데, 그들을 제해 두고 발탁해야 될까요?"

"아니오. 우선은 여기에 뛰어난 이들을 배치하시오. 추후에 재정리할 것이오."

"예."

"그리고 챠드 경."

"예, 영주님."

"경은 임시 요새장으로 자리하시오. 모든 물자가 안전히 이송된 후에 출발하시오."

"알겠습니다. 그럼 저는 요새 현황 먼저 파악하도록 하겠습니다."

"자, 움직이시오. 이번 전쟁으로 흘린 피가 무색해지지 않게 하려거든, 손에 쥘 수 있는 모든 것을 전부 쓸어 담아야 하오. 전우들의 피로 지은 결실을 수확하는 것이니 낱알 하나 흘려선 안 될 것이오!"

"옛! 명 받습니다!"

그들은 우렁차게 대답했다.

카일의 얼굴에만 배어 있던 미소는 어느새 그들의 얼굴에도 번져 있었다.

❋

카일은 제1선에 몸을 실었다.

배에는 가장 먼저 영지로 옮겨져야 하는 최고 중요 물자들이 담겨 있다. 바로 오브들이다.

노획한 완성형 오브뿐 아니라 푸스카 호스에서 싹싹 긁어 모든 오브들도 최우선 물자다.

그리고 가장 중요한 인재 또한 승선하고 있다. 바로 비슈다.

"비슈, 진짜 찾지 않아도 되겠어?"

"네, 괜찮아요."

카일은 처음부터 비슈를 포기할 생각이 없었다. 어떻게든 자신의 사람으로 끌어들일 생각이었다.

시간이 오래 걸릴 작업이라 생각했는데, 세뇌 오브라는 계기를 통해 순식간에 전개된 바가 있었다.

카일은 비슈에게 자신의 수관 대우를 약속했다. 그녀의 실력을 생각하면 파격적일 것도 없다.

카일은 비슈에게 함께 바르테온에 갈 것을 권했고 비슈는 흔쾌히 그것을 받아들였다.

그리고 지금, 비슈는 카일이 제안한 가족을 찾는 것에 대한 대답으로 괜찮다고 대답했다.

"이제 찾아서 뭐 하겠어요. 어차피 그때, 인연은 끊어졌는걸요. 찾는다고 해서 금방 다시 이어질까요? 애틋해질까요? 안 그럴 것 같아요."

비슈는 반쯤 우는 듯한 얼굴로 웃으며 답했다.

"나는 극을 이룬 너의 입지를 존중할 것이고, 앞으로 네가 바르테온에 행하는 기여에 마땅한 대우를 할 것이야. 그러니 언제든 편히 말해. 무엇이든, 어떤 것이든 경청할 테니."

"네. 감사해요. 정말요. 모든 것에 감사해요. 말 잘 들을게요. 일도 열심히 하고요."

머리의 세뇌 오브는 제거가 되었지만, 그렇다고 그녀의 몸에 밴 습관들이 사라진 것은 아니다.

초콜릿을 좋아하는 입맛이라던가, 말 잘 듣겠다고 하는 입

버릇 같은 것 말이다.

억지로 교정해 줄 필요는 없다고 여겼다. 시간이 해결해 줄 것이다.

"이제 본론을 좀 이야기해도 될까? 물론 다른 하고 싶은 이야기가 있으면 해도 좋아. 너에 대한 것은 뭐든지 들을 용의가 있어."

"아니요, 아니에요. 벌써 몇 번이나 저 때문에 영주님의 일이 미뤄졌는걸요. 이제 일을 할게요. 지금까지 봐주신 것만 해도 막 겨드랑이가 간지러운 느낌이에요."

"좋아. 그럼 이걸 좀 봐줘. 기존의 통신 오브를 이런 식으로 개조하는 게 가능할까?"

카일은 바르테온행 배를 탄 이후부터 계속 통신 오브에 대한 것을 연구했다.

그 기반 자료는 비슈의 연구 결과물들이었다.

그렇기에 지금 비슈에게 내보인 설계도 또한 비슈의 설계 언어로 작성된 오브 도면이다.

다만 다른 게 있다면 한눈에 명확히 들어오는 가독성과 체계성이었다.

"대, 대단하세요. 영주님께서 이걸 직접 하신 거예요?"

"그래. 보기에 어때?"

"저, 정말 대단하세요. 이건 저밖에 안 쓰는 수식인데…… 이런 건 조금 고칠게요."

"그럴 필요 없어."

"이대로면 다른 연금술사들이 못 알아볼 텐데요."

"비슈. 너는 앞으로 벤자르의 골렘 마이스터가 아닌, 바르테온의 오브 마스터로 불리게 될 거야. 네가 바르테온 오브학의 기준이자 표준이 될 거다. 그러니 고칠 필요 없어."

비슈는 카일이 건넨 설계도와 카일의 얼굴을 번갈아 쳐다봤다.

지금까지 무수한 거짓말을 들었다. 이걸 하면 이걸 해 주겠다, 말 잘 들으면 이건 안 하겠다. 이것만 하면 끝이다.

그래서 어떤 말을 들어도 안심이 되는 법이 없었다.

그런데 카일이 하는 말은 달랐다. 그 말이 그대로 지켜질거란 느낌이 거의 확신의 수준에 가까웠다.

"네. 시킨 대로 할게요."

"그래. 그래서 보기에 어때? 그것대로 만들 수 있겠어?"

"음─. 이건 단방향성이 극도로 강화되어 있는 식이네요."

"맞아. 주 기능은 집음이야. 주변의 소리를 수집하여 연결된 오브로 보내 주는 거지."

"목소리를 받지는 않는 건가요?"

"굳이 받을 필요가 없어. 양방향 통신을 목적으로 만든 게아니니까."

"그렇군요. 그러면 이건 뭐라고 불러야 하죠? 집음 오브요?"

"감청 오브."

"감청…… 오브요?"

"목적하는 지역의 소리를 수집하여 중앙에서 관리할 목적이다. 목표 영역은 영지 단위이고."

낙원단의 존재를 확인했다. 그들의 성향과 기질도 확인했다.

비밀 결사단, 혹은 광신도라 표현할 수 있다. 그리고 그런 자들이 행하는 저항의 수단은 대부분 테러와 암살이다.

그것을 대응하기 위한 방법으론 촘촘한 그물망, 아니 여과기 수준의 정보활동이다.

이 오브의 존재가 아니라면 그것을 인력으로 감당해야 한다. 수많은 수사관과 암생단, 첩보관을 운영해야 할 것이다.

하지만 이 감청 오브로 그와 같은 인력의 상당수를 대체할 수 있을 것이다.

설계대로만 잘 나와 준다면 말이다.

"영지를 보호할 수단으로 활용할 거다. 불온한 자를 잡아들일 목적이지."

"그러면 통신이 계속 연결되어 있어야 하는 것 아닌가요?"

"그렇겠지."

"그러면 영지 단위로 사정거리를 줄이고 마나 효율성을 올리는 게 좋을 거 같아요. 상시 지속이면 마나에 민감한 이들은 눈치챌 수도 있을 거예요."

비슈는 별 고민하지 하지 않고 바로 자신의 의견을 내놓았다.

초콜릿을 녹일 때의 그 표정이었다. 카일이 원하는 몰입도다.

카일은 그녀와 함께 오브에 대한 설계를 이어 갔다.

❋

카일은 선실에서 계속 오브에 대한 연구를 진행했다.

바르테온에 도착하기 전에 모든 연구를 끝내고 바르테온에 들어서는 순간 바로 시제품을 만드는 것으로 계획을 잡았기 때문이다.

비슈도 쉬지 않고 그와 호흡을 맞췄다. 일을 할 때는 며칠씩도 쉬지 않고 일을 한다더니, 비슈는 잠 한숨 자지 않고도 흐트러지지 않는 집중력을 보여 줬다.

우우웅- 우우웅-.

카일은 통신 오브가 우는 소리에 잠시 고개를 들었다.

슬쩍 창밖을 보니 로살롯령이었다.

카일이 통신 오브를 연결했다.

-어, 연결된 거죠? 영주님? 영주님이세요?

레이첼이었다.

"맞소. 카일이오."

─아, 연결됐구나. 영주님, 저 레이첼이에요. 저 지금 루카시스강 위에 나와 있어요. 어디쯤이세요?

"내려가는 길이오."

─일정 바쁘실 것 같아서 수상에서 대기 중이에요.

"스승님께선 어찌 계시오?"

─어르신께선 영주님께서 이르신 조치 사항을 모두 처리하신 후 먼저 바르테온으로 내려가셨어요. 그래서 로살롯에 들를 필요 없으세요. 저는 중간보고를 하려고 나와 있는 거고요.

"계승식은 잘 치렀소?"

─아, 물론이죠! 완벽하게 치렀어요. 이제 로살롯에서 저의 권위에 도전할 수 있는 자는 없어요. 모두 영주님 덕이에요. 감사해요.

"알겠소. 수상에 있다고 했으니 있다가 봅시다. 얼굴 보고 대화하는 게 낫겠소."

─네! 잠시 후에 뵈어요!

그대로 경로대로 항해를 하던 중, 로살롯 영도가 보이는 거리 즈음에서 레이첼이 탄 배와 마주했다.

"비슈, 같이 올라가자. 앞으로 자주 얼굴 보게 될 사람이다."

"네."

카일은 비슈와 함께 갑판으로 올라갔다.

레이첼은 황금실로 자수한 벨벳 단망토를 걸치고 있었다.

로살롯 영주의 상징이다.

"오랜만에 뵈어요."

레이첼은 카일 앞에 정중히 고개 숙였다.

같은 영주끼리 나눌 인사는 분명 아니었다. 하지만 그것을 지적하는 사람은 없었다.

"영주가 된 것을 진심으로 축하하오."

"전부 영주님 덕이에요. 영주님이 아니었다면 몇 년이 더 걸렸을지 몰라요. 어쩌면 불가능했을지도 모르고요."

"나는 그저 계기일 뿐 전부 공이 쌓은 것이오."

"호호. 말씀 감사해요."

인사를 나눈 레이첼의 시선이 카일 옆의 비슈에게 흘렀다.

"그런데 이 여자는 누구시죠? 시론 대신에 두신 건 아닌 것 같아서요."

"벤자르의 골렘 마이스터였고, 지금은 나의 수관이자 바르테온의 오브 마스터인 비슈라고 하오."

"으으―."

레이첼은 어색하게 광대를 끌어 올리며 미소 지었다. 다분히 억지웃음이었다.

"불편하오?"

"아, 아니에요. 불편하긴요. 제가 불편한 이유가 뭐 있나요."

"벤자르의 골렘술사란 출신 말이오."

"아니에요. 전혀요. 영주님께서 이미 다 고려하셨을 텐데요."

"그럼 인사 권하겠소. 비슈, 로살롯의 영주이신 레이첼 로살롯 공이시다. 나와는 혈맹 관계이니 마땅히 존중해야 할 거다."

"만나서 영광입니다. 비슈라고 합니다."

"그래요. 오브 마스터 비슈. 나도 만나서 반가워요. 영주님께서 말씀하신 것처럼 로살롯의 영주직을 맡고 있어요. 영주님과는 혈맹 관계예요. 영지 대 영지가 아닌, 바르테온 대 나 개인의 혈맹…… 흠, 괜한 소리까지 한 것 같네요. 못 들은 걸로 하세요. 여하튼 우리 둘 다 영주님을 위해 일하는 것이니 서로 경계하는 것 없이 잘해 봐요."

레이첼이 먼저 악수를 권했다. 그녀의 귀 끝이 붉어진 것은 스스로의 인사가 못마땅한 탓이다.

"네, 제가 앞으로 할 일은 오직 영주님 말씀을 잘 듣는 거예요. 앞으로 잘 부탁드릴게요."

"하하. 말씀하는 게 굉장히 직접적이시네요. 하하하하."

비슈는 귀족적이지 않은 어투와 제스처로 레이첼의 악수를 받았다.

"와―. 손이 딱딱하시네요."

"뭐라고요?"

"손요. 손바닥에 굳은살. 저도 여기 굳은살 있어요."

비슈는 펜에 눌려 생긴 굳은살을 보여 줬다.

레이첼은 난처한 표정으로 답하며 카일을 쳐다봤다.

"서로 경험한 환경이 달라, 언행에 차이가 있을 것이오. 레이첼 공께서 너른 이해로 대해 주길 부탁하오."

"네. 알겠어요. 그럴게요. 영주님께서 부탁하시는데 당연히 그렇게 해야죠."

"비슈, 이만 쉬도록 해. 나는 레이첼 공과 논의할 게 있어."

"네. 그러면 저는 연구를 마저 하고 있을게요."

"그래."

비슈는 꾸벅 고개를 숙이고 물러났다. 레이첼의 시선이 그녀의 등에서 쉬이 떨어지질 못했다.

"영주님, 그런데 저 여자도 아주 일을 잘하겠죠, 당연히?"

"자기 분야에 대해서는 논할 여지가 없는 절대자요. 그래서 직함도 마스터로 해 준 것이오."

"아, 오브 마스터란 뜻이 소드 마스터와 같은 개념인 건가요? 그러니까 7서클요."

"그렇소. 비슈는 7서클의 마나 유저요."

"흐음……."

레이첼은 옅게 신음했다.

"무조건 신뢰하란 말은 하지 않겠소. 자체적으로 의구심을 품어도 상관없소. 하지만 함께 일하는 것이니 일적으로는 화합을 해 주길 바라오."

"아, 아니에요. 신뢰를 걱정하거나 그러진 않았어요. 이미 보기에도 영주님께 충성을 맹세한 것 같던데요."

"그렇소. 나에게 투항하였소."

"수관이라고 하신 것도 명예직이나 그런 게 아니라 공식 직책인 거죠? 모즈 경과 같은 직급요."

"그렇소. 그녀의 능력을 생각하면 마땅하다 판단했소."

"그러네요. 영주님께선 일 잘하는 사람을 좋아하시니까……."

레이첼은 인정할 수밖에 없어 고개를 주억거렸다.

"여기서 이러지 말고 들어갑시다. 논할 게 많소."

"아, 네. 저도 말씀드릴 게 많았는데, 다른 곳에 정신을 팔았네요. 들어가요."

레이첼은 카일에게 바짝 붙어 선실로 들어갔다.

"좀 너저분하오."

레이첼은 선실 테이블에 널브러져 있는 도면들보다도 나란히 자리 잡혀 이는 의자가 더 신경 쓰였다.

"오브 마스터 분과 함께 연구하신 거죠?"

"그렇소. 이것도 차례가 되면 함께 논하겠소. 자리에 앉으시오."

카일은 테이블 위를 대충 정리하며 자리를 권했다.

"계승식은 잘 치른 듯해 보이고, 정권 안정은 어떻소? 자리를 비워도 영지 운영에 이상이 없겠소?"

레이첼은 이번에 신설한 의회 체제에 대한 것을 하나도 빼놓지 않고 모든 것을 설명했다.

"의원들의 모든 것을 기록하는 사관들을 두었어요. 다른 꿍꿍이를 차려 봐야 자기 목줄 죄이는 꼴밖에 안 되니 당장은 허튼 생각을 못 할 거예요."

"그 과정에서 어려움은 없었소?"

"전혀요. 어르신께서 뒤에 서 계신 것만으로 전부 끝났어요."

"스승님께서 자리를 비웠지 않소. 물리적으로 멀어지면 위협도 적게 느껴지는 법이오. 보안장치가 더 있어야 할 텐데……."

"이번 계승식 때 상인회에서 만장일치의 압도적인 지지를 해 줬어요. 호위단도 그랬고요. 영지민들의 지지도 압도적이에요. 어르신께서 자리를 지키지 않으셔도 섣불리 행동하지 못할 거예요."

"그러하다니, 스승님께서 부재하신다고 해도 위태롭진 않겠소."

"네. 괜찮아요. 사실 영주님의 서신만 아니었으면 저는 아마 지금쯤 바르테온산을 오르고 있었을 거예요. 출장 준비도 전부 끝내 놨거든요."

"그렇소?"

"네. 출장 인원들은 이미 바르테온에 가서 대기 중이에요. 하루 먼저 보내 놨어요."

"영주가 되시더니 일이 더 매끄럽소."

"겨우 영주님 보폭에 맞추는 것뿐이죠."

"여하튼, 정권 안정화는 문제없다 하니 다행이오. 우선 결론적인 것부터 말하겠소."

"네. 경청할게요."

레이첼은 자세를 고쳐 잡으며 카일에게 집중했다.

"우선 숄 영지들에 대한 향후 대응 방식에 대한 건이오. 이는 내 독단으로 결정하여 미안하게 생각하오."

함께한 전쟁이다.

카일이 로살롯을 구했지만 레이첼도 바르테온을 지원했다.

그 공훈도를 따지자면 5할을 넘진 못하겠지만 그렇다 2할 이하로 낮게 잡을 수도 없다.

하지만 정확하게 집고 넘어가야 한다. 괜히 불편할까 싶어 어물쩍 말을 넘기면 감정적인 문제를 떠나 일이 어긋나게 된다.

이건 전쟁 전에 지휘 체계를 확실히 잡은 것과 같은 맥락이다.

그러니 정확하게 고지해야 한다.

욕심이 많다, 서운하다 표현해도 어쩔 수 없다. 다른 걸로 더 챙겨 주면 챙겨 줄까 이것은 양분할 수 없다.

"숄에 대한 모든 통치 권한은 내가 가지겠소."

카일은 어떠한 다른 해석의 여지없이 정확하게 말했다.

"네. 물론이에요. 당연해요. 제가 감당할 수 있는 영역이 아닌걸요."

그리고 레이첼은 아예 생각도 하지 않았다는, 너무도 당연하단 태도로 흔쾌히 고개를 끄덕였다.

"그리 흔쾌히 답해 주어 고맙소. 숄에 대한 통치 협정문을 작성하겠소."

카일은 사무적인 절차를 빼놓지 않고 꼼꼼히 진행했다. 문서가 가지는 힘이 무엇인지 너무도 잘 알기 때문이다.

레이첼은 딱딱한 협정문에 서명을 함에 있어서도 서운한 기색 한 톨 없었다.

정말 숄에 대한 통치는 자신의 몫이 아니라고 생각했기 때문이다.

"전후 복구 비용에 대해선 벤자르에서 거둬들인 재물이 있소. 그것을 더 많이 배분해 주겠소."

"더 많이요?"

"숄에 대한 통치를 바르테온이 전부 가져가니, 공을 세운 기사들에게 내려 줄 봉토가 부족하지 않소. 그 대신이오."

"괜찮아요. 그것이라면 삼촌들의 제후령을 나눠 주면 돼요. 그 권한과 재산을 전부 몰수할 수 있었던 것도 영주님의 지원 덕분일 거예요."

"그것과는 별개요. 이 통치 협정 내용은 언제가 되었든 모두가 알게 되어 있소. 그리되면 당신의 정치적 입지가 좁아질 것이오. 로살롯이 바르테온이 복속된 거 아니냐고 공세를 펴는 자들도 나올 수 있소."

"그러면 목을 쳐야죠. 되도 않는 소리로 공격을 해 대는 거니까요. 모반죄를 물어도 될 거예요."

"그렇게 쉽게 말할 일은 아니오."

"정말루요. 저 지지도가 진짜 좋아요. 어느 정도 패악질은 조금 부려도 될 정도예요."

레이첼은 패악질이라 말하며 씽긋 웃어 보였다. 더 걱정하는 건 애꿎은 잔소리만 되지 싶다.

"그렇다니 더 언급은 않겠소. 해도, 노획한 재물에 대해선 서운치 않게 배분하겠소."

"흐음―. 저, 제 의견을 말해도 될까요?"

"경청하겠소."

"솔직히 저는 돈이 부족하진 않아요. 비축분도 꽤 있었고 삼촌들 재산 몰수한 것도 상당하거든요. 돈으로 활용될 수 있는 재화는 전부 바르테온에서 취하셔도 상관없어요. 아니, 그게 오히려 효율적이죠."

"땅도, 돈도 취하지 않으면 무엇으로 핏값을 셈하려 하시오? 혈맹 서약서와 공의 자리로 되었다 여기면 안 되오. 영주는 반드시 신하와 백성 들의 피에 보상해야 하오."

"네. 그 말씀 옳아요. 그래서, 저도 저에게 풍족한 것 대신 부족한 것을 더 담아 달라 말하려고요. 기술, 기술을 주세요."

레이첼은 제법 당차게 답했다. 카일은 잔잔히 미소 지었다. 카일은 이런 그녀를 오히려 환영한다.

"어떤 기술을 요하오?"

"무엇이든요. 영주님께선 숄의 그 무엇이던 소화하시어 바르테온 것으로 만드시지 않겠어요? 제가 당장 바르테온을 떠나기 전에 본 것이 기사들이 골렘을 활용해서 전후 복구를 하는 모습이었어요. 그리고 며칠 되지도 않은 지금은 통신 오브를 연구하는 장면을 보고 있고요."

레이첼의 시선이 오브 설계도를 잠깐 스쳤다가 돌아왔다.

"저것도 분명 영지를 위한 것이겠죠? 영주님께서 오브 마스터와 함께 머리를 맞대고 개발하고 있는 물건이라면 필히 이 세상에 없던 대단한 것일 거고요. 해서, 저는 돈보다 그런 기술 공유를 해 주셨으면 좋겠어요."

처음부터 혼자 독점할 생각은 없었다. 로살롯도 낙원단에 대한 대비를 해야 하기 때문이다.

"당연히 공유할 것이었소. 이게 무엇이고 어떤 목적인지 설명해 주겠소."

카일은 감청 오브의 기능과 현재 계획 중인 운영 방식, 그리고 낙원단에 대한 확정적인 정보와 그로 인해 유추한 예측 정보까지 대부분을 공유했다.

"역시 그럴 거라고 생각하고 있었지만 정말 대비가 다 진행되고 있었네요. 쓸데없는 걱정은 안 하길 잘했어요."

"마냥 낙관적으로 생각하진 마시오. 충분히 경계하고 대비해야 하오."

"네. 영주님 말씀에선 절대 허투루 가볍게 대응하지 않을게요."

"그러면 조치 사항에 대해서 듣겠소. 스승님께선 바르테온으로 내려가셨다고 했소?"

"네. 로살롯의 포로들을 전부 이끌고 내려 가셨어요. 바르테온에서의 조치도 직접 해야겠다고 판단하셔서요."

레이첼의 정권 안정성에 문제만 없다면 굳이 칼데온이 로살롯을 지키고 있을 이유는 없었다.

"다른 수급들도 전부 챙긴 것이오?"

"네. 챙길 수 있는 것들은 전부 챙겼고, 직접 화장터까지 전부 살피셨어요. 그래서 오브 일곱 개를 확보하셨어요."

로살롯 전투에서 잡아낸 적군 규모를 생각하면 생각보다 많은 수는 아니었다.

어쩌면 세뇌 오브가 굉장히 희소한 오브일 수도 있다는 생각이 들었다.

그렇다면 염려도 많이 준다.

"혹시 시신 처리 중 강으로 던진 시신이 많소?"

"선착장에 있던 시신은 그렇게 처리한 게 제법 되긴 해요. 그런데 전체 비중으로 따지면 그리 많진 않을 거예요. 강바닥까진 수색할 수가 없었어요. 죄송해요."

"아니오. 그것이 유의미하진 않소. 찾은 오브는 스승님께서 가지고 가셨소?"

"네. 수급과 함께 오브까지 전부 가지고 가셨어요."

"알겠소. 포로도 사실 따지면 값을 받을 수 있는 자원인데 전부 내놓으라 하여 유감이오."

"전혀요, 정말 전혀요. 그런 말씀은 제발 거두어 주세요. 제가 받은 게 훨씬 많아요. 앞으로도 그렇고요."

"그리 생각해 주어 고맙소. 나도 당신의 호의를 당연시하지 않고 항상 서운치 않도록 신경 쓰겠소."

"아휴. 이럴 때 보면 그냥 조금 서운한 게 낫겠다 싶을 정도예요. 너무 칼 같으세요."

"아무리 친해도 돈이 걸린 일에는 칼 같은 게 낫다고 보오. 안 그러면 끝내 틀어지더이다. 자, 그러면 이제 어찌할 것이오? 출장 준비는 다 했다고 들었소만."

"이대로 영주님과 함께 바르테온으로 내려갈 거예요. 거기서 산악 진지로 올라갈 거고요."

"내부적으론 더 정리할 것 없소?"

"네."

"통신 라인은?"

"그것은 이미 다 구축해 놨어요."

로살롯 전투에서 노획한 통신 오브 중 당장 쓸 것을 제외한 일부는 레이첼에게 넘겨줬었다.

레이첼도 그것을 그냥 보관하지 않고 현장에 바로 적용시켰다.

"일부는 바르테온과 로살롯의 통신을 연결하고 있고 일부는 제 측근, 그리고 일부는 상인회와 호위단에 지급했어요. 전부 제 측근이에요. 영주님도 아는 사람들요. 게슈트 상주와 홉스 단장요."

게슈트는 황금가지 상단의 상주로 이번 벤자르 공략 작전에 직접 참여하였고 홉스는 로살롯 방어전에서 목숨을 걸고 티리온을 저지했었다. 둘 다 공이 있는 자들이다.

"둘 다 중용하여 곁에 둘 것이오?"

"일단 게슈트 단장은 이번 출장에 함께 올라가기로 했어요. 제가 언제까지고 산악 진지에 있을 수는 없어서요."

"진지장으로 삼을 것이오?"

"네. 그렇게 생각하고 있어요."

"그러면 황금가지 상단은 어찌 되는 것이오?"

"황금가지 상단의 주력 또한 수상 거래가 아닌 드워프 전담으로 바뀌게 될 거예요. 드워프제 물품에 대한 모든 독점 거래권을 줬어요. 책임과 걸맞은 권한이라고 생각해요."

"마땅하오. 현명한 판단이오. 그러면 나는 거래선을 다시 골라야겠소."

카일이 로살롯과 거래하는 물량 전부가 황금가지 상단을 통한다. 상주의 직책이 진지장으로 바뀌게 되면 해당 거래를 계속 유지하는 것은 고려해야 될 문제다.

카일이 인정한 것은 게슈트가 있는 황금가지 상단이기 때문이다.

"그것은 저와 직매로 하셔도 되고, 그대로 게슈트와 진행하셔도 돼요. 저도 그 인력은 남겨 두라고 언질하긴 했거든요."

"주 거래처가 드워프들이 된다면 황금가지 상단의 주요 물품도 변경이 되어야 할 것이오. 드워프들은 드레스를 안 입지 않소."

"그거야 그렇죠."

"그러면 바르테온산 드레스는 계륵밖에 안 되오. 공을 생각하면 다른 것으로 챙겨 주는 게 낫소."

"네. 영주님 편하신 대로 하세요. 어떤 것이든 좋다 할 거예요."

"그럼 홉스는? 그자도 측근으로 둘 것이오?"

카일은 홉스의 기질이 레이첼과 잘 맞지 않는다고 판단했다. 당장 사람이 없어서 급히 쓴다면 모를까, 평생 곁에 둘 측근으로서는 의문이었다.

"솔직히 조금 다루기 껄끄럽긴 한데, 당장은 그만한 사람이 없기도 해요. 지금 상인회 소속의 모든 호위단을 다 쥐고 있거든요."

"기회가 되면 대체할 것이오?"

"그렇게는 못 하죠. 거래한 게 있어서요."

"거래?"

"네."

레이첼은 홉스와의 거래 사항을 설명했다.

통상적인 상주와 호위단 간의 거래 내용일 뿐 특별한 것은 없었다.

"적어도 사기꾼이거나, 딴생각을 하는 인물은 아니었어요. 나서야 할 때는 제법 의기도 있고요. 그리고 위기 때 목숨 걸고 같이 싸운 전우니까요. 불편하다고 내치면 저 삼촌들이랑 뭐가 다르겠어요."

"좋소. 그 뜻 지지하오. 도의가 있는 판단이오."

"그리 칭찬하시면 부끄러워요. 솔직히 제가 이런 판단을 할 수 있는 것도 전부 영주님 덕인걸요."

"모든 공을 나에게 돌릴 필요 없소."

"진짜루요. 혈맹 서약이 있잖아요. 감히 누가 저를 배신할 것이며, 제 자리를 위협하겠어요. 마스터가 두 명이나 버티고 있는데요."

"그리 쓰라고 해 준 서약이었소. 아주 잘 활용하고 있으니

나 또한 흡족하오."

카일은 잔잔히 웃었다.

영리한 사람이니, 영리하게 쓸 거라 생각했다.

숨기지 않고 겉으로 드러내, 최대한의 효율을 내려 하는 판단들은 카일로서도 환영할 만한 일이었다.

만약 레이첼에 그 혈맹 서약을 안으로 숨기며 바르테온의 지원만 받아 활동했다면 이렇게까지 일이 술술 풀리진 않았을 것이다.

"자, 우선 급한 이야기는 얼추 나눈 것 같으니 나머지는 바르테온에서 다시 나눕시다."

"네, 알겠어요."

레이첼은 고개를 숙이고 물러났다.

둘의 배는 나란히 바르테온으로 향했다.

✤

"지크 어르신, 지금 로살롯에서 연락이 왔습니다. 영주님께서 로살롯 선착장을 지나가셨다고 합니다. 내일 아침에는 입성하실 겁니다."

"알겠다. 이만 들어가 보거라. 내일부터는 영주님 곁에 서겠구나."

"잠시뿐이지만 모실 수 있어 영광이었습니다. 그리고 살

펴 주셔서 감사합니다."

시론이 넙죽 절했다.

"나 또한 짧은 시간이었으나 영주님께서 왜 너를 총애하시는지 느낄 수 있었다. 앞으로도 변함없는 자세로 영주님을 모시거라."

"예, 어르신. 이만 물러가겠습니다."

시론이 깊게 인사한 후 물러났다.

지금 칼데온은 추국장에 있다. 사일론과 바르테온으로 돌아온 이후 한 번도 추국장 밖으로 나가지 않았다.

로살롯에서 대동해 온 포로들은 물론이고, 밖에서 노역을 하고 있던 기존의 바르테온 포로들까지 전부 추국장에 구금하여 직접 하나하나 전부 살폈다.

단, 카일이 말한 세뇌 오브를 찾으려 한 것은 아니다. 그것은 자신의 영역이 아니며 자신이 해 봐야 어차피 카일이 다시 해야 됨을 알고 있다.

칼데온이 살핀 것은 포로들의 기질과 마나 유저로서의 능력들이었다.

"이건 이쯤이면 충분하겠지."

칼데온은 자신이 작성한 포로 관리서를 덮었다.

오늘 밤이 지나고 나면 카일이 온다.

그러면 분명 숨 한 번 돌릴 틈 없이 모든 것을 몰아치겠지.

이미 이동하는 선상에서 모든 계획을 전부 정리하고 올 테니 말이다.

그러니 미리 준비하고 있지 않으면 따로 틈낼 시간이 없을 거다.

칼데온은 다시 한번 연판장을 열었다.

그러곤 이름들을 하나하나 곱씹었다.

자연스레 화가 치밀어 올랐다.

"내가 죽이자 하면 모두 죽고 내가 살리고자 하면 모두 살릴 수 있다."

칼데온은 그 끓어오르는 화를 풀어내려 애썼다.

화를 눌러 참아선 안 된다. 그것을 카일이 눈치채지 못할 리가 없다.

칼데온은 자신의 화가 카일에게 계기이자 원동력이 될 것임을 알고 있었다.

이 이적죄인들을 전부 참수할 원동력 말이다.

그 총애가 참으로 기쁘긴 하나, 이럴 때는 참 마음 같지가 않아서 아쉽다.

이성적으로 알고 있다. 레이첼의 말이 옳다.

한 짓들을 보면 껍질을 벗겨 널어 둬야 할 놈들이다.

하지만 이 인원들에게 벌을 물어 노역을 시킨다면 그 효용과 효과가 얼마란 말인가.

카일에게 이 명단에 있는 능력자들을 애처로운 마음 없이 마구잡이로 쓸 수 있는 도구들로서 제공한다면, 그렇게 한다면 얼마나 큰 효용을 낼 수 있을 것인가.

"편히 써도 되는 연장으로 만들어 드리면, 필히 잘 쓰실 것이다. 내가 진심으로 그것을 원하여 간하면 그리하실 것이다."

동바르테온이 전부 불탔고 다리도 전부 끊어졌다. 성벽이 허물어진 건 말할 것도 없다.

거기에 낙원단이라는 기도 안 차는 놈들을 대비해야 한다.

일손이 부족한 게 사실이다.

분명 카일이라면 그렇다 하여도 본을 어길 수 없다고 주장할 것이다.

지금까지 지켜 온 바르테온의 결기에 위배된다고도 할 수 있다.

카일이 그렇게 말할 때 자신이 동요하지 않고 도구로 쓰시라 간언해야 한다.

그러려거든 자신이 먼저 진심으로 화를 내려놓고 효용의 시선에서 이들을 다뤄야 한다.

"백번 생각해도 우선 다듬어 드리는 게 옳다. 그럼에도 참하시겠다 하면 재차 권하는 게 옳다. 그것이 사적인 분노가 아닌 영지의 번영을 위해 옳은 길이다."

칼데온은 그렇게 스스로를 다스리며 카일이 오기를 기다렸다.

3장

카일의 배가 바르테온에 입성했다.

선착장 가장 앞에 칼데온, 사일론, 시론이 있었다.

그리고 그 뒤로 사사레를 필두로 한 행정관들이 줄지어 도열해 있었다.

일전, 사사레에게 마중을 나오지 않아 서운타 말하였는데 그걸 기억하고 이리 나왔나 보다.

카일은 배에서 내렸다.

"영주님을 뵙습니다."

모두가 한목소리로 카일을 맞이했다.

"시론, 옆에 서라."

카일은 어떤 얼굴을 해야 할지 몰라 우물쭈물하고 있는 시론을 우선 불렀다.

"넵!"

시론은 주인 만난 견공 같은 얼굴로 답하곤 항상 자신의 자리라고 여겼던 위치에 자리를 잡았다.

"스승님, 공무에 대한 것은 레이첼 영주에게 전해 들었습니다. 이리저리 바삐 다니시게 하여 송구합니다."

"송구하다니요. 도구로 써 달라 한 것은 저였습니다. 이리 편히 써 주시니 오히려 제 마음이 흡족합니다."

"노고에 감사드립니다. 우선 간단한 행정 보고 먼저 듣겠습니다."

"예, 저는 추국장에서 대기하겠습니다."

칼데온과 사일론이 먼저 자리를 떴다. 카일은 사사레를 마주했다.

"이리 마중해 주어 참으로 마음이 좋소."

카일은 그 어떠한 불안감 없는 표정으로 인사를 건넸다.

"저 또한 영주님을 뵈어 마음이 한없이 편안합니다."

"정무관들은 후속으로 도착할 것이오. 정무회의는 야간에 있을 것이니, 약식 보고로 듣겠소. 과업 진행은 어떻소?"

그간 사사레가 담당했던 업무는 집을 잃은 동바르테온 화재민들에게 겨울을 날 수 있는 임시 거처를 마련해 주는 것이었다.

사사레는 자신의 총력과 모든 행정력을 동원하여 최선을

다해 과업을 수행했다.

전쟁에서 피로써 책임을 다하지 못한 만큼, 전후에라도 책임을 다하고자 했다.

"모든 영지민들에게 임시 거처를 마련해 주었습니다. 부지는 수신공원과 그 인근의 공터를 우선 활용하였고, 그 후 귀족들의 저택, 온천 거리의 호텔 등등, 수용할 수 있는 자리는 모두 수용토록 하였습니다."

"적극적으로 잘 조치하였소. 혹, 상한 이는 있소?"

"감기에 걸린 이들에겐 해열제를 우선 지급하여 열을 다스릴 수 있게 하였습니다. 아직 감기를 다 다스리진 못하였으나, 병사한 자나 아사한 자, 동사한 자는 단 한 명도 없습니다."

"잘했소. 병이 심하게 든 자들은 추후 의사들이 도착하면 의사원으로 보내 치료받게 하시오."

"예, 영주님."

"그 외의 보고 사항 있소?"

"아뢰기 송구하오나, 모든 전심전력을 임시 거처 마련에 쏟아 다른 사항을 돌보지 못하였습니다. 이외의 보고 사항은 없습니다."

바르테온에 자리를 비운 시간이 일주일가량이다. 그사이 영지 절반에 달하는 인구에 임시 거처를 마련해 준 것만 해도 대단한 일이다.

"송구할 것 없소. 출충하였소. 경과 같은 이가 나의 신하인 것이 아주 흡족하오."

"여, 영주님……."

사사레의 눈에서 눈물이 툭 터져 나왔다.

생각지 못한 눈물에 사사레 본인도 놀라고 카일도 다소 당황했지만 금세 별일 아니다 하며 평상심으로 그를 대했다.

"있는 그대로 말한 것이오. 진심으로 우러나 거짓 없이 백성을 살피는 귀족. 내가 자리를 비워도 이런 이들이 그 자리를 메꾸고 있다 하면 내 속이 얼마나 든든하겠소. 귀공이 내가 편히 외유를 할 수 있는 바탕이오."

"제가 감당할 수 없는 치하이십니다……."

"공을 공이라 말하는 것이니 겸양할 것 없소. 그러면 금일 일과 시간은 수신하여 야간 정무를 준비토록 하시오."

"예, 영주님."

사사레는 공손히 고개 숙이며 카일의 곁에서 비켜섰다.

"영주님, 저는 게슈트 상주와 출장 준비를 점검하도록 할게요."

"알겠소. 바르테온에서는 데미트라 경이 올라갈 것이니 같이 논의토록 하시오."

"네."

레이첼과 데미트라가 함께 행렬에서 빠졌다.

카일은 나머지 병력과 함께 선박의 모든 물자를 영주 관저로 이동시켰다.

"영주님 오셨습니까."

관저 대문에서 시종들이 도열한 채 카일을 맞이했다. 그 가장 앞에는 메이가 있다.

"메이, 여기는 오브 마스터 비슈다. 기사장과 같은 수관의 지휘이니 그에 합당히 모셔라. 또한 극을 이룬 경지이니 그에 맞는 존경을 표해야 할 것이다."

"아…… 네. 알겠습니다."

메이는 궁금한 게 많은 표정이었지만 공적인 자리에서 사적인 질문을 쏠을 만큼 눈치 없진 않았다.

"비슈, 메이에게 방을 안내받도록 해. 그리고 진행하던 연구는 계속하고. 나는 따로 볼일이 있어서 오후에야 함께할 수 있을 거야."

"네. 이미 다 나와 있어서 금방 시제품을 만들 수 있을 거예요. 오후가 되기 전까지 만들어 둘게요."

"기대하지. 모즈 경, 휴슬레 경, 메이에 대한 호위는 그대로 유지하겠소. 단 관저에 있는 동안에는 그 반경을 관저 담으로 넓혀 두겠소."

"예, 영주님."

"라모스 경은 후속으로 도착하는 화물에 대한 운송을 감독하시오. 모즈 경과 휴슬레 경은 따르시오. 추국장으로 갈 것이오."

카일은 인원을 대동하여 추국장으로 이동했다.

이미 칼데온과 사일론이 심문 준비를 모두 끝내 둔 상태였다.

포로들이 하나같이 기진해 보인다. 물리적인 고문을 받은 것은 없지만 칼데온을 직접 상대하며 정신적으로 진이 빠졌기 때문이다.

"영주님, 여기 포로들에 대한 대면 보고입니다. 그리고 이것은 로살롯과 바르테온에서 습득한 오브입니다. 수급들은 저기 상자에 넣어 놨습니다."

"수고하셨습니다. 직접 살피겠습니다."

카일은 앞으로 나서 포로들의 후두부를 면밀히 스캔했다.

로살롯 포로 중에 둘, 바르테온 포로 중에 하나가 나와 총 셋이 세뇌 오브가 이식되어 있는 상태였다.

카일은 다른 포로들을 우선 감옥으로 보낸 후 남은 셋의 세뇌 오브 적출 수술을 진행했다.

순식간이었다.

"모즈 경, 이들을 우선하여 심문토록 하시오. 목적은 전과 같이 별낙원의 위치 특정이오."

"예, 알겠습니다."

모즈가 감옥 안으로 들어갔다.

카일은 다음으로 수급을 살폈다. 분량이 상당하다.

"시신을 확인하여, 계급을 나누어 놓았습니다."

"현명하십니다."

카일은 빠르게 스캔을 했다. 이제는 눈에 익을 대로 익어서 금방 집어낼 수 있었다.

병졸급이나, 종자, 하위 기사에게선 발견되는 오브가 없었다.

상위 기사급, 친위대급에서 추가로 일곱 개의 오브를 발견했다.

남은 것은 각각 나뉘어 있는 최상위 지휘관의 수급들이었다.

카일은 내심 쿠엔톤과 티리온의 머리에 세뇌 오브가 박혀 있을 수도 있다고 생각했다.

취합된 정보로 예상하기에는 이르갈이라는 자가 이 모든 전쟁의 흑막일 수 있다는 생각 때문이었다.

그런데 예상과 달린 그 둘에게선 세뇌 오브가 발견되지 않았다.

쿠엔티노는 수급이 없으니 확인할 수 없는 일이다.

아마 있었다면 이 추국장 어딘가에 세뇌 오브가 떨어져 있을지도 모를 일인데, 쿠엔톤과 티리온에게서 발견되지 않았으니 굳이 찾을 이유는 없다.

"그리고 이 수급이 이르갈이란 자의 수급입니다. 총사령관의 스승이라 역할이자 참모장으로서 참전했다고 하더군요."

"이자의 수급이 없었다면, 두고두고 찜찜할 뻔했는데 다

행입니다."

처단한 적에게 아쉬움을 둔 적이 없는데 이자만큼은 살려서 심문하지 못한 게 아쉽다.

카일은 그 아쉬움만큼 정성 들여 스캔을 했다.

"하. 이러면 어떻게 되나—."

세뇌 오브가 발견되었다.

흑막이라 여겼던 인물의 머리에서 세뇌 오브가 나오면 이자 또한 누군가의 지시를 받는 꼭두각시란 결론이 나온다.

"이리되면 진짜 몸통은 별낙원이란 결론이 됩니다. 적 수뇌는 건재하다는 뜻입니다."

칼데온도 바로 그 의미를 파악하고 굳은 목소리로 말했다.

함께 자리한 펜타소드들도 덩달아 심각해진다.

"하하. 몸통이라기보단 머리지요. 몸통을 잃은 머리요. 손발을 다 잃었는데 머리통만 남아서 무엇을 할 수 있겠습니까."

그렇기에 카일은 더욱 당차게 답했다.

"걱정할 것 없습니다. 대안은 이미 준비되어 있습니다. 그리고 원래 머릿고기가 별미라 하지 않습니까. 이미 배부르게 먹었다 싶었는데 아직도 더 먹을 진미가 남아 있다 하니 환영할 만한 일이지요."

"하하. 그렇습니까?"

"그렇지요. 제가 어디 말로만 허풍을 떤 적이 있습니까?"

"단연코 한 번도 없었지요. 그러면 이 노구는 안심하고 따르도록 하겠습니다."

"예. 수급 만지는 일이 고역이셨을 텐데, 심히 수고스러우셨습니다."

"겨울이라 별반 거북할 것도 없었습니다. 이제 일과가 어찌 되시는지요?"

"하실 말씀이라도 있으십니까?"

"예. 긴히 고할 말이 있습니다."

칼데온은 자신의 가슴 한편에 손을 얹으며 답했다.

카일은 분위기가 가볍지 않다 느끼곤 칼데온과 독대의 자리를 마련했다.

"편히 말씀하시지요. 스승님의 말씀이라면 무엇이든 존중하여 경청할 것입니다."

"일정이 바쁘실 테니, 가리는 것 없이 바로 본론을 고하겠습니다."

칼데온은 돌려 말할 것 없이 품에 지니고 있던 볼트의 연판장을 꺼내 보였다.

"저의 죄입니다."

카일은 그 문서에 있는 볼트의 문장을 보는 것만으로 이 문서에 적힌 이름들이 무엇을 뜻하는지 바로 이해했다.

"이적죄인들이군요. 이것을 어찌 스승님의 죄라 말씀하셨습니까."

"영주님의 명을 곧이 이행치 않았기 때문입니다. 이적죄를 진 죄인들을 처벌하지 않고 두었습니다."

"그러면 지금 이것을 저에게 보이시는 이유는 처리를 위한 보고가 아닌 것입니까?"

"그렇습니다."

칼데온은 담담한 어투로 긍정했다. 그 어투에서 분노는 느껴지지 않았다.

카일은 누구보다 바르테온을 사랑하는 칼데온이 이 죄인들에게 분노하지 않는다는 것은 그만한 이유가 있을 거라 생각했다.

그래서 그런가 당장 이적죄인들에 대한 화보다 칼데온의 심중에 더 의식이 기울었다.

"스승님께서 행하시는 모든 것에 바르테온의 번영과 저에 대한 염려가 있음을 알고 있습니다. 의중이 무엇입니까. 경청하겠습니다."

"저는 그 명부에 있는 죄인들이 이적죄인들임을 알고서도 가용할 수 있는 노동력이라 판단하여 목숨을 취하지 않았으며 마땅한 징치를 하지도 않았습니다. 이는 영주님의 이적죄 처벌의 명을 받고 출병한 기사가 해서는 안 되는 선택이었음이 분명합니다. 또한 기사로서 정도와 법치, 충성의 가치보다 이익과 이득의 가치를 더욱 중시하였습니다. 이는 기사도에도 어긋나는 행위입니다."

카일은 칼데온의 고백을 들으며 참 곧고 곧다라는 감상과 함께 감사함을 느꼈다.

칼데온이 왜 이런 말을 하는지, 또 어떤 마음으로 이 많은 미사여구들로 가득 채운 말을 준비했는지 이해가 되었다.

자신 탓이다.

자신이 너무 독한 탓에. 이 연판장에 걸쳐 있는 모든 이들을 눈도 깜짝하지 않고 쓸어버리라 명령할까 봐.

그 많은 피를 전부 뒤집어쓸까 걱정되어 이러는 것이다.

"제가 너무 독했더랬지요. 저의 독함이 스승님께서 스스로의 자부심을 꺾게 하였으니, 마음이 참으로 편치 않습니다."

"영주님……."

"어떤 말을 더 준비하였든 죄를 고하는 말씀이라면 더 듣지 않겠습니다. 이 연판장에 적힌 죄인들에 대한 처우에 대해서는 스승님께서 말씀하는 대로 따를 터이니, 더 이상 저를 못난 제자로 만들지 말아 주십시오."

카일은 진심으로 속이 답답하여 그리 말했다.

모든 것을 내준, 그야말로 아낌없이 내준 할아버지 같은 분이 자신의 눈치를 봐서 전전긍긍 고민했을 생각을 하니 정말 속이 상했기 때문이다.

"허허……. 이것 참……. 영주님 앞에서만 서면 오히려 제가 어린아이가 된 것만 같습니다."

"저야말로 스승님께서 단단한 방벽으로 저를 보호해 주시기에 이리 어린아이처럼 마음껏 뛰어다닐 수 있는 것입니다. 그러니 죄를 고한다는 말씀은 부디 거두어 주십시오. 제 마음이 너무 무겁습니다."

"알겠습니다."

칼데온은 굳게 입을 닫았다. 그러곤 숨을 골랐다.

카일은 칼데온이 자신을 보는 염려를 어느 정도는 걷어 주고 싶었다.

그리고 솔직히 말해서 칼데온이 자신을 오해하고 있는 부분도 있었다.

"저는 스승님께서 생각하시는 것처럼 타협이 없지도 않고 오로지 원칙만을 주장하지도 않습니다. 그저 효율을 중시할 뿐이지요. 무형의 가치가 유형의 가치보다 크다 하면 무형을 좇는 것이고 그 반대이면 유형을 좇을 수도 있는 것입니다."

"그러하십니까?"

"예. 이 정도 수는 너무 많지 않습니까. 이들을 전부 볼트와 같은 방식으로 처벌하려거든 수천 단위의 목이 떨어져야 할 것입니다. 이는 단호함으로 질서를 세우는 게 아닌 공포로 인한 기피감을 불러올 것입니다."

"하면 이 같은 상황에서 영주님의 선택은 어떤 것입니까?"

"당장의 상황만 보고 즉흥적으로 답을 드리자면 수뇌부만 효수하고 나머지는 영외로 추방하는 정도에서 마무리 지었을 듯합니다."

"제 얼굴을 보아 그리 말씀하시는 것이라면 괜찮습니다."

"말하면서도 그렇게 생각하실 것 같다 싶긴 했습니다. 그러니 제 대답 말고 스승님의 조치를 듣겠습니다. 이들을 그냥 묵인하고 넘어가자 하셔도 그대로 따르겠습니다."

"당치 않는 말씀입니다! 영지를 팔아먹은 작자들을 어찌 그냥 묵과하겠습니까!"

칼데온이 깜짝 놀라 역정을 냈다. 이것이 본래 칼데온의 감정이다. 카일은 다시금 그가 자신을 위해 일부러 화를 풀어냈음을 확신했다.

삶 자체가 곧은 기사가 그 화를 풀어내려거든 자신의 가치관까지도 함께 풀어내야 했을 것이다.

그 마음이 그저 고마울 따름이다. 그러니 다시 한번 진심을 전하고 싶다.

"스승님. 말로들을 기억하십니까?"

카일이 일찍이 노역인으로 삼은 죄인들이다.

그들은 지금도 손 없이 오물을 옮기는 일을 하며 연명하고 있다.

누군가는 그들이 이 바르테온을 떠날 것이라고, 혹은 떠나도록 해야 된다고 말하는 이들도 있었다.

하지만 그러지 않았다.

바르테온이 전쟁을 겪는 중에도 그들은 떠나지 않았고 전쟁이 끝난 지금도 말로들은 여전히 바르테온에서 오물통을

지고 있다.

"기억하다마다요. 그들이야말로 영주님께서 기만과 거짓을 몰아내기 위해 새운 표식이지 않습니까."

"그자들이 지금도 영지에 있습니다. 전쟁을 겪었음에도 떠나지 않았지요. 제가 돌봤기 때문입니다."

"그자들을…… 돌보셨다고요?"

칼데온은 단번에 이해가 되지 않아 반사적으로 되묻게 되었다. 하지만 이내 의식을 바로잡고 카일의 의중을 곱씹었다.

"오물 수거 정책을 시작하고 얼마 되지 않아 오물 수거를 전문으로 하는 사업체들이 생겨났습니다. 혹시 아시는지요?"

"알고 있습니다."

"그 사업체들이 말로들의 영업 지역은 손대지 못합니다. 명령을 내려 보전해 주라 하였지요."

"직접 보호 명령을 내리셨단 말씀입니까?"

"예. 그리고 신변 보호도 명령했습니다. 신분이 말로이긴 하나 억울한 일을 당했을 때, 기사에게 고하여 억울함을 풀 수 있다 명시해 주었습니다. 몇몇 정무관들은 그것을 보고 제가 죄인이라 하여도 백성으로 보듬으니 자애롭다 하더군요. 그렇지 않습니다. 저는 그들을 자애로움으로 보살핀 게 아닙니다."

카일은 마침표를 딱 찍었다.

내심 심장이 두근거린다. 칼데온은 분명 자신을 자애롭고 공명한 영주로 보았을 것인데, 이 말을 듣고 어떻게 인식이 변할까.

혹여 실망할까. 뭔가 기대가 무너지는 감정을 가질까.

하지만 이미 뱉은 말이다.

"하면 무슨 이유 이십니까?"

"그들을 말로로 삼은 목적 그대로입니다. 경각심을 주기 위한 경고용 푯말이죠. 저는 그 몇 가지 돌봄으로 저 말로들에게 비참한 삶을 오래도록 연명하게 만들었습니다. 의도적으로 그리한 것입니다. 이런 제가 공명하고 정대합니까?"

"영주님, 죄인들이 마땅한 벌을 받은 것입니다. 그것을 두고 스스로 폄하지 마십시오. 저를 위해 그리 말씀하신다면 귀를 잘라 내서라도 듣지 않겠습니다."

"있는 그대로를 말하는 것입니다. 저는 욕심이 많습니다. 더 많은 성공, 더 많은 자원, 더 많은 부, 더 많은 치적을 원합니다. 하여 온 세상에 바르테온을 이름이 퍼졌으면 합니다. 저는 항상 그 욕심에 맞춰 효율적인 선택했을 뿐 기사도를 숭상하여 그 뜻을 실천한 것이 아닙니다."

카일은 속에 있는 있는 그대로의 진심을 전부 쏟아 냈다.

처음에는 칼데온의 마음을 풀어 주려 운을 떼었지만 말을 하다 보니 오히려 자신이 속을 풀고자 뱉어 낸 것에 더 가까웠다.

지금까지 항상 공명정대하다, 바르다, 곧다, 자애롭다라는 숭상에 가까운 칭송을 들을 때마다 머쓱함을 느꼈더랬다.

　굳이 아니라고 부정할 것 없으니 듣고 지나갔지만 그 말들이 하나씩 쌓일 때마다 뭔가 가면이 씌워지는 느낌이 아주 없던 것도 아니었다.

　"후우-. 이렇게 솔직하게 말하니 오히려 제 속이 시원하군요. 실망스럽지요? 기사도를 실천한 게 아니라 해서요."

　"그것이 기사도이지 않습니까?"

　"네?"

　"영주님의 욕심이 바르테온을 번영시키는 것이면, 그것이 바르테온의 기사도이지 않습니까. 바르테온을 위해 바르테온을 번영시키는 것이고, 누구보다 기사도를 실천해 오셨으면서 왜 아니라고 하시는지요?"

　"기사도에서 말하는 공명함까지도 효율에 맞춰 판단했다는 뜻입니다. 제가 공명하여 공명함을 선택한 게 아니라 그것이 더 효율적이라 그러한 선택을 했다는 뜻이요."

　"효율에 대해 깊은 고찰을 하지 못하였는데, 영주님의 말씀을 들으니 그 효율이야말로 기사도에 포함시켜야 할 가치인 듯합니다."

　"스승님, 어찌하여 해석이 그렇게 향합니까. 저는 그저 제가 티 없는 정도가 아닌 적당한 타협도 할 줄 안다는 말을 하려던 것이었습니다."

"효율은 허례를 지양토록 하는 기치이지요. 그러나 의전을 무시하는 기치는 아닙니다. 의전으로 취할 수 있는 효과가 크다면 그에 맞는 재화를 투입할 것입니다. 그것이 효율이니 말입니다."

"그렇기야 하지요."

"그 효율은 인사를 발탁할 때 역시 개인의 인연보다 조직의 성과를 위한 선택을 하도록 할 것입니다. 지금까지 영주님께서 하신 모든 발탁들이 그러한 효율의 기치로 결정된 것임을 생각한다면 과연, 효율이란 신념은 정도라고 할 수 있습니다."

"효율이란 개념이 잘못 오용되면 인명경시의 결과를 초래할 수도 있습니다. 그렇게 대단한 깨달음처럼 삼으실 사안이 아닙니다."

카일은 칼데온이 너무 과하게 반색하는 것 같아 머쓱함과 민망함을 느껴 그리 말했다.

그런데 그 말이 칼데온의 표정을 더욱 밝게 만들었다.

"이미 오용의 맥까지 정립을 하고 계시군요. 과연 이치에 닿아 계십니다."

"스승님, 마냥 좋은 쪽으로만 해석하고 계십니다."

"아닙니다. 정의 또한 오용하면 독선이 되고 배려 또한 오용하면 강요가 되는 것입니다. 기사도의 모든 가르침은 상황과 정도에 따라 양면을 가지니 기사는 언제나 스스로를 다스려 중용을 이루어야 합니다. 이미 영주님께선 그 중용의 경지에 계시니 그 어떠한 사안에도 중심이 흔들리지 않으실 것입니다. 이런, 제가 또 제 알량한 이해로 영주님을 넘겨짚었습니다."

칼데온이 자리에서 일어나 한쪽 무릎을 꿇었다.

"영주님을 자의로 판단하여 결론지어 논한 죄를 청합니다."

이번은 설득을 위해서가 아닌 진심으로 반성하여 고하는 사죄였다.

"그 죄를 사합니다. 일어나십시오."

칼데온은 속 시원한 얼굴로 다시 일어나 앉았다.

칼데온의 표정을 보니 카일도 한결 마음이 가벼웠다. 그거면 되었지 싶다.

"어찌 되었든 스승님의 마음이 가벼워진 것 같으니 좋습니다. 그러니 염려 말고 말씀하십시오. 이자들을 어찌할까요? 말씀드린 대로 스승님의 판단을 따르겠습니다."

"하면 이것저것 고려하지 않고 생각한 그대로 말씀드리겠습니다. 들어 보신 후 영주님께서 효율을 기준으로 판단해 주시지요."

"하하. 예, 우선 들어 보겠습니다."

"당장 영지에 이리저리 들어가야 할 일손이 많습니다. 해서 저는 죄인들을 참할 게 아니라 쓰기 좋은 도구로 다듬어 아끼지 말고 쓰시길 바랍니다."

"저도 좋은 생각이라 여깁니다."

"영주님 듣기에 좋은 생각이라 하시니, 이것이 효율적인 판단인 것입니까?"

효율을 말하는 칼데온의 목소리가 경쾌하다. 뭔가 좀 꽂힌 것 같은 느낌이다.

"예, 그렇습니다. 마저 말씀 주시지요."

"그러지요. 그런데 노역으로 편히 쓰려거든 마나 능력이 보전되어야 하고, 그러자니 감시 병력을 그만큼 붙여야 하지 않겠습니까. 해서 저는 이것에 대한 해결책으로 이 세뇌 오브를 생각했습니다."

"설마 죄인들에게 세뇌 오브를 쓰자는 말씀이십니까?"

"예. 세뇌 오브의 효과가 마나로드를 막는 것이라고 들었습니다. 그것을 머리로 가는 길에 심어 두면 기억을 막는 효과를 내지만 마나홀에서 마나가 나오는 길에 심는다면 마나홀을 억제하는 효과를 내지 않겠습니까? 그런 방식이라면 감시 인력을 많이 아끼면서 고위 능력자들의 능력을 살려 둔채 노역인으로 부릴 수 있습니다."

극단적인 효율 추구의 해결 방식이었다. 카일은 칼데온 혼자서 이런 생각을 했다는 게 믿을 수가 없었다.

"이것을 스승님 혼자 생각하신 것입니까?"

"레이첼 영주에게 몇 가지 단초가 될 말들을 들었습니다.

그러니 그녀와 함께 생각한 것이 될 것입니다."

"방금 말씀하신 방안이야말로 효율에 기준을 둔 방식입니다."

"하하하. 그렇습니까? 제가 영주님에 대한 고민을 하면서 저도 모르는 사이에 영주님의 기치에 동화되었나 봅니다."

"좋습니다. 도덕적으로 보완해야 할 부분이 조금 있겠지만 좋은 방법입니다. 말씀대로 조치하겠습니다."

카일은 연판장을 다시 칼데온에게 건넸다.

이제 이들에 대한 조치는 칼데온이 감당할 것이다.

"지금 바로 조치를 하겠습니다."

"병력이 부족하진 않습니까?"

"아들 녀석을 부르면 됩니다."

칼데온은 가볍게 출병했다.

"또 생각지도 못한 선물을 받았군."

만약 칼데온의 말처럼 진행된다면 마나 유저만 최소한 200명 이상 충원될 것이다.

현재 부족한 인력 상황에서 아주 적절한 수혈이 될 수 있다.

카일은 인력 충원 이글루 박스에 체크 표시를 한 후 후순위로 밀어 놓았다.

"이러면 세뇌 오브를 미리 준비를 해 둬야겠어. 세뇌 오브라는 말도 어감이 안 좋아. 마나 억제 오브로 정리하자."

전능하신
영주님

카일은 즉시 세뇌 오브에 대한 데이터를 불러와 정밀 분석을 함과 동시에 마나 억제 오브로의 변경 작업을 진행했다.

작업을 진행하고 있는 사이, 후속 선박들이 도착하며 정무관들이 영도에 입성했다.

해가 떨어질 즈음, 카일은 마나 억제 오브에 대한 설계를 모두 끝냈다.

카일은 그것을 들고 비슈의 방으로 올라갔다.

비슈는 방문을 열어도 모를 정도로 감청 오브 생산에 집중하고 있었다.

"비슈, 작업 잘돼 가?"

"오셨어요. 일단 다섯 개 만들었어요."

비슈가 우선 만든 것을 내보였다. 성능을 시험해 보니 웬만한 회의실 범위에서 나는 소리는 놓치는 것 없이 전달할 정도였다.

"잘 뽑혔다. 이 정도 수준으로 계속 양산해 주면 된다. 그리고 이것은 새로운 도면이야. 보면 알 거다."

이 설계도 또한 비슈의 작법을 토대로 작성된 것이다. 세세한 설명은 필요 없다.

"내일 새벽까지 시제품 만들어 둘게요."

설계도를 쓱 훑어보곤 툭 뱉는 말이 이렇게 믿음직할 수가 없다.

"영주님, 정무회의 준비가 끝났습니다."

시론이 고했다.

"그래, 가자."

카일은 완성된 감청 오브를 챙겨 정무원으로 입관했다.

✳

전쟁이 끝난 후 공식적인 첫 정무회의가 열렸다.

전쟁을 승리로 끝낸 얼굴들에서 큰 자부심과 기대감이 엿보인다.

"나와 함께 전쟁을 승리로 이끈 나의 모든 전우들에게 찬사를 보내겠소."

카일은 우선 그들의 공을 치하했다.

그러곤 자리에서 일어나 검을 역수로 들었다. 죽은 자에게 보내는 기사의 예다.

"바르테온을 위해 흘린 피는 앞서 싸운 기사의 피든, 뒤에서 물동이를 나르던 아이의 피건 다르지 않소. 영면한 모든 용사를 존중하는 마음으로 묵념하겠소."

카일이 고개를 숙임과 동시에 정무관들도 함께 고개를 숙였다.

짧지만 엄숙한 묵념 후 카일은 다시 자리에 앉았다.

"돌아오는 신년회에 이름 없는 용사분들을 위한 추모장례식을 함께 거행할 것이오. 합동 장례식이라 하여 서운한 마음이 들지 않도록 각별히 신경 써야 할 것이오. 이 부분은 사사레 경이 준비하시오."

"예, 영주님. 유가족들이 명예와 자긍심을 가질 수 있도록 정성 들여 준비하겠습니다."

"또한 그들의 명부와 전쟁에서의 행적을 파악하여 두시오. 이 부분에 있어선 전쟁에 참여한 모든 기사들이 적극적으로 협조하라 명하겠소."

일부러 명령하겠다는 말을 쓴 것은 이것에 강제력이 있다는 뜻이다.

그렇기에 어기면 안 되는 협조 명령이다.

"뜻 받잡아 따르겠습니다."

"그리고 장례식에 맞춰 추모비를 건설할까 하는데, 이에 책임지고 수행할 정무관이 있소?"

"돌을 다루는 일은 저희 가문의 소임입니다. 최고급 오석을 공수하여 추모비를 제작하겠습니다."

사일론이 고했다. 좋은 의견이다.

"다른 의견 더 있소?"

"감히 제가 나설 자리는 아닌 줄 알지만 한 말씀 올려도 되겠습니까?"

"핀스 경, 말해 보시오."

"무릇 귀한 장지에는 좋은 비석뿐 아니라 그에 맞는 조형물 또한 들어가는 바입니다. 오석과 함께 용사들을 기리는 조형물을 설치하면 그들을 기리는 마음이 더 잘 표현될 듯합니다."

"생각한 방안이 있소?"

"철이나 유리로 꽃을 만들어 영원히 시들지 않는 헌화를 한다거나, 거대한 검과 방패로 그들의 용기와 용맹함을 상징하면 어떨까 싶습니다."

그것은 조형예술의 영역이다.

예술 영역에서의 문화가 아주 빈약한 바르테온의 상황을 생각하면 그러한 방식으로라도 예술 분야의 물꼬를 트는 게 좋은 기회이다 싶었다.

"좋소. 공업부의 기술력을 발휘하여 추모 조형물을 장식하도록 하시오. 신년식 전까지는 모든 것이 완성되어야 하니 일정 엄수토록 하시오."

신년식은 두 번째 달의 날에 거행한다.

2월 보름달이 뜬 날이니, 아직 넉넉하다.

"예, 영주님. 명 받잡습니다."

"명 받잡습니다."

"전공에 대한 농공행상 또한 추모장례가 끝난 이후 함께 진행하겠소. 전후 복구 또한 전쟁의 범위에 있으니 내심 전시에 공이 미진했다 여기는 정무관들은 그 마음만큼 전후 복구에 힘쓰기 바라겠소."

"예, 명 받습니다."

이다음은 전쟁 때문에 멈췄던 사업들에 대한 건이다.

"전시로 인하여 정지되었던 사업들에 대한 재개를 명하겠소."

가장 큰 사업 세 가지는 미스릴 광산 개척 사업, 영도 북부의 대규모 개간지 조성 사업, 강 하류 인근 지역에 대한 상업망 확보 사업이었다.

"미스릴 광산에 대해서는 레온이 먼저 복귀하여 중심을 잡고 있을 테지만, 인수인계가 덜 되었을 탓에 중심 잡기가 어려울 것이오. 데미트라 경이 올라가 힘을 보태 주시오."

"예, 영주님. 2차 개척단의 규모는 어찌하오리까?"

"이번 목표는 실질적인 미스릴 주조에 있으니 그에 맞게 준비토록 하시오."

"예, 영주님. 준비가 완료되는 대로 보고하겠습니다."

"농지 개간에 대한 것은 어느 정도 기틀이 잡혔고 겨울이라 크게 손 들어가는 게 없을 것이오. 챠드 경이 부재중인 상황이니 휴슬레 경이 챠드 경의 역할을 대신하시오."

챠드의 역할은 수신공원 관리다.

수신공원은 이미 기틀이 잡혀서 딱히 손 갈 부분이 없다.

전쟁 시작 후 지금까지 가장 무리한 휴슬레의 정양을 위해 배려해 준 것이다.

"예, 영주님. 명 받습니다."

"이번 전쟁으로 상인들의 피해가 적지 않을 것이오. 라모스 경은 이번 상업로 개척에 참여했던 상인들의 피해 상황을 우선 조사하고 그 피해에 맞춰 상행단을 조율하도록 하시오."

"예, 영주님."

진행 중이었던 사항에 대한 것은 이렇게 지시를 끝냈다.

그다음으로 건은 영지 복구에 대한 것이다.

표면적으로 봤을 때 가장 급하고 가장 중요하며 가장 손이 많이 들어가는 일이다.

"복구 작업에 대해서는 단시일 내에 가능할 수 없을 것이오. 정무관들은 집을 잃은 백성들이 추위에 떨지 않도록 잘 보살펴 주도록 하시오. 다음으로 무너진 성문과 옹벽에 대해서는 사일론 경이 전처럼 수리를 할 수 있도록 하시오."

"저, 저 영주님?"

사사레가 눈을 동그랗게 뜨며 카일을 불렀다.

"왜 그러시오?"

"아뢰옵기 송구하오나, 영지민들의 거처에 대해서는······ 따로 지시가 없으신 것인지요? 제가 우선 집을 지을 수 있는 자재들은 준비할 수 있게끔 파악을 하여 둔 상태이긴 합니다. 하지만 워낙 피해를 본 가옥들이 많아서 그 물량이 부족하기도 하고······."

"대응이 미미하다?"

"저, 그것이 그러니까 그런 뜻이 아니옵고······."

카일은 빙긋이 웃었다. 충직한 신하의 간언이니 말이다.

"좋은 지적이오. 지금에서 평범한 방법으로는 이 큰 피해를 빠르게 복구할 수 없을 것이오. 내후년이 되어도 안 될 일이지. 평범치 않은 방법을 생각해 둔 바는 있으나 그것에 대한 실효성은 아직 검토에 있소. 충분히 시험을 한 후 다시 공지하겠소."

"제가 영주님의 깊은 심중을 모르고 나섰습니다. 송구합니다."

"자. 다음으로 넘어가겠소. 사일론 경은 성벽 수리에 대한 것은 그리 일정을 짜시오. 성벽 축조공들의 수는 적게 잡아야 할 것이오. 공사할 일이 많아 인원을 많이 할애할 수 없소."

"예, 영주님. 당장 너저분하게 널린 것들 먼저 정리를 하여 틀을 갖춰 놓는 것을 우선하겠습니다."

"다리에 대한 것은 너무 아쉬워 맙시다. 도개교로 개조 작업을 하고 있던 차였으니, 이참에 아예 확장하여 새로 건설하는 것도 낫다고 보오. 이 또한 내가 생각한 바가 있으니, 실효성 검토 후에 공지하겠소."

이상으로 해야 할 일까지 정리를 끝냈다.

그다음은 부차적인 요소에 대한 지시다.

"아무리 임시 거처를 마련해 줬다곤 하나 추위에 몸이 상하는 영지민들이 많을 것이니 땔감과 고기를 충분히 융통하여 구휼토록 할 것이며, 일반 공영 목욕탕은 제한 없이 개방하여 영지민들이 언제든 언 몸을 녹일 수 있게 하겠소."

그것으로 정무회의를 끝낸 카일은 1급관 이상들만 남겼다.

카일은 1급관들에게 낙원단에 대한 상황을 다시금 설명했다.

그것을 처음 듣는 이들은 얼굴에 진한 긴장감이 어렸다.

"나는 영주로서 최악의 상황을 가정해야 하니 과하게 심각하게 받아들일 것은 없소. 단, 이 사실이 외부로 유출될 시 큰 혼란이 야기될 수 있음을 명심하시오."

"예. 명 받습니다."

"사일론 경, 라모스 경, 이것을 받으시오."

카일은 둘에게 감청 오브를 건네줬다.

라모스는 상인들을 관리하고 사일론은 성벽을 관리한다.

둘 다 외부인에 대한 관리를 맡고 있으니 감청 오브는 우선 그 둘에게 지급했다.

"통신관과 구별되는 정보관을 둘 것이오. 앞으로 영지에 유입되는 모든 외부인의 활동 반경을 의도적으로 제한하고, 그 반경 내에서 적극적인 감청 활동을 펼치시오."

"예, 첩자를 잡아낸다는 목적을 분명히 하여 능동적으로 대응하겠습니다."

"좋소. 사사레 경은 이와 같은 제한에 행정적 지원을 해 주시오."

"예."

"다른 부에서도 관리 영역에 외지인의 비율이 높다 싶으면 같은 방식으로 능동적으로 대처할 수 있도록 하시오."

"알겠습니다."

"당장은 몇몇 구역에 대한 집중적인 정보활동만 가능하겠지만 최단 시간 내에 영지 전체 범위로 확장할 것이오. 그때가 되면 실질적인 위험은 거의 없을 것이니, 정무 운영에 불안감을 내비칠 것 없소."

카일은 다시 한번 민간의 동요를 고려한 지시를 내렸다. 다들 깊이 이해하여 알겠다 고개 숙였다.

"모즈 경, 심문 결과는 어찌 되었소? 더 이상은 표본이 없소. 지금 있는 자원 내에서 어떠한 결과가 나와야 하오."

"몇 가지 공통적인 키워드를 추렸습니다. 침엽수, 많은 나무, 계곡, 좁은 입구, 넓고 평평한 바위, 200명 정도의 수용 인원, 사냥 훈련……."

모즈는 조사한 키워드를 빠르게 읊었다.

"숄 지역은 분지 속에 있는 평야 지대입니다. 이렇다 할 침엽수림이 없습니다. 숄을 감싸고 있는 산맥에서 침엽수림이 있고 아이들이 사냥을 하기에 적당한 동물군이 분포한 지역, 백 단위 인원이 충분히 활용한 식수원 규모의 너른 바위가 많은 계곡을 갖춘 지역을 집중 조사하면 200명 단위의 집단 시설은 분명 찾아낼 수 있습니다."

"바로 출병하시오. 통신 오브를 가용하여 통신망을 구축하도록 하고 모자란 병력은 로펨과 아슬란에서 보충하도록 하시오."

"알겠습니다. 수색 중 목표 시설을 발견하면 우선 제압합니까?"

낙원단이라면 자신들을 수색하는 움직임을 분명 포착할 것이다.

전쟁에서 패배했다는 것도 알고 있으니 경계 태세 또한 최상위일 것이다.

어설프게 진입해 봐야 더 깊은 곳으로 숨어들게 부채질만 하는 상황이 나올 수 있다.

"아니요. 정밀 수색은 내가 직접 할 것이오. 예상 후보지만 골라 두고 적들로 하여금 포위가 좁아진다거나, 기지가 발견되었다는 느낌을 주는 행동은 최대한 삼가시오."

"알겠습니다. 명대로 이행하겠습니다."

"다른 의견 있소?"

"한 가지 건의드릴 게 있습니다."

"휴슬레 경, 말씀하시오."

"금일 심문한 포로들 중 아슬란의 법사장을 제가 거두어도 되겠습니까?"

카일은 칼데온이 작성해 줬던 심문자 명부를 떠올렸다.

아슬란의 법사장.

빙결의 멜파 가문의 니켈.

로살롯에 포로로 있었던 자다.

그리고 로살롯 전투에서 카일이 대면했던 자이기도 했다.

강을 얼렸던 그 마법사다.

"거둘 만하니 거두겠다 말하는 것이겠다만, 괜찮겠소?"

"영주님께서도 아시다시피, 바르테온에는 빙결 마법사가
없습니다. 멜파 가문은 아슬란의 명망 있는 가문입니다. 멜
파를 거두어들인다면 영지에 큰 동량이 될 것입니다."

"적대 가문을 직접 키우겠다는 것이오?"

"저는 그저 잘 다듬어 영주님께 올리겠습니다. 한 손에 불
을 쥐셨으니, 다른 손에 얼음을 쥐어야 균형이 맞지 않겠습
니까."

휴슬레는 진중히 고했다. 가문이 아니라 바르테온을 위해
서 영입하겠다는 진심은 충분히 전달받았다.

"기질이 뻗쳐 다루기 쉽지 않을 텐데 괜찮겠소?"

"그 기질은 멜파 가문의 특성이라 크게 개의치 않습니다.
그리고 아직 나이가 어려 아주 불가능하진 않으리라 생각합
니다."

"알겠소. 경의 뜻대로 하시오."

카일도 바르테온에 마법 전력이 부족하단 것은 문제라고
생각하던 차였다. 말릴 이유는 없었다.

휴슬레의 의견 외에 추가적인 건의는 없었다.

"지금까지와 달라지는 것은 없소. 나는 이끌 것이니, 경들은 따르시오."

카일은 언제나와 같은 자신감으로 그들을 독려했다.

카일은 늦은 밤 잠을 청해 이른 새벽에 일어나 비슈에게 갔다.

짐을 푼 게 어제인데 발 디딜 틈 없이 너저분하다.

연구와 생산을 위한 물품들이 가득 들어차 있었고 한쪽으로는 초콜릿과 우유가, 또 다른 한편으론 만들어 낸 완성품들이 쌓이고 있었다.

"비슈, 같이하자."

"영주님께서 직접요?"

"나도 손 빨라."

"그러면 도구는 이거 쓰세요. 어떻게 하는지 가르쳐 드릴게요."

"장비만 주고, 가르쳐 줄 필요는 없어. 그냥 너 하는 대로 해라. 내가 보고 배울 테니."

카일은 비슈가 오브를 만드는 것을 그대로 스캔하여 복사한 후 바로 작업에 들어갔다.

비슈는 그런 카일의 습득력에 깜짝 놀랐지만 별반 내색 없이 작업에 집중했다.

혼자 하던 것을 둘이 하니 완성품을 놓는 박스가 금방 메워졌다.

당장 써야 할 감청 오브를 우선하여 만들었고 그 외의 추가적인 통신 오브와 마나 억제 오브의 시험판을 완성했다.

그러고 나니 깊은 동이 터 올 쯤의 깊은 새벽이었다.

"영주님, 작은 알갱이 오브가 부족해요."

카일은 그 말에 고개를 들었다. 제일 작은 오브가 담긴 쟁반이 텅 비었다.

오브는 전부 집무실 바닥의 비밀 수련동에 넣어 놨다. 시종을 시킬 자리가 아니다.

"잠시 기다려."

카일은 방을 나갔다. 문밖에서 대기하던 야간 담당 시종이 깜짝 놀라 따라붙으려 했지만, 가볍게 제지하고 홀로 집무실로 내려갔다.

비슈의 생산력을 생각해 넉넉히 오브를 챙겨 나왔다.

"아, 영주님, 기침하셨습니까."

"시론, 이 시간에 웬일이야? 나갈 채비까지 전부 다 하고."

"저, 그게. 그러니까, 잠시 외부 활동을……. 아니 그, 그러니까. 영주님께 고할 게 있어서……."

시론은 안절부절 어쩔 줄 몰라 했다.

"잠시 있거라."

카일은 비슈에게 오브를 올려 주곤 다시 내려왔다.

"죄송합니다, 영주님."

시론은 카일 앞에 대뜸 무릎부터 꿇었다.

"저는 실피드를 지키지 못했습니다."

"임무 수행 중에 그리된 것이냐?"

"예. 영주님의 명령서를 전하기 위해서 볼트로 가는 중 적 정찰병이 붙었습니다. 그들이 저에게 화살 공격을 가했고, 저는 실피드를 버리고 혼자 도망갈 수밖에 없었습니다. 영주님의 귀한 말을 제가 잃었습니다."

"그렇다 치면 나는 나의 신하와 백성을 잃었다. 탓하지 않는다. 일어나라."

카일은 시론을 일으켰다. 시론은 어찌할 줄 모르는 얼굴이었다.

"그래서, 이 시간에 어딜 가려던 참이냐?"

"실피드에게 가려고 했습니다. 제가 꼭 다시 돌아오겠다고 말했는데, 그간 마땅한 틈이 나지 않아서 가질 못했습니다. 영주님께 이 사실을 고하기 전에 실피드의 유해를 수습해 와야 할 것 같아서 지금 다녀오려고 했습니다."

지금까지 머리를 쥐어짰다.

새벽바람 맞으며 한번 환기를 하는 것도 좋지 싶다. 그리고 시론의 열린 마나홀을 한번 살피기에도 적절한 상황이었다.

"같이 가자."

"아, 아닙니다. 영주님께서 직접 행차하신다니요."

"나도 마침 바람을 좀 쐬고 싶은 참이었으니 좋다. 내가 불편하다면 천천히 뒤따를 것이니, 개의치 말고 앞서가거라."

"불편하다니요. 그런 것 전혀 없습니다."

"그럼 입씨름할 것 없이 가자."

카일은 시론을 앞세워 적당한 거리를 두고 그 뒤를 쫓았다.

그러면서 시론의 마나홀과 몸 상태를 확인했다.

분명 서클오버를 성공했다. 2서클이 되는 것은 이보다 더 쉬울 것이다.

'나는 아쉽지만, 시론을 위해서라도 기사로 길을 잡아 주는 게 좋겠지.'

시론의 나이가 많은 것이 아니니 지금부터 준비해도 기사가 될 여지는 충분했다.

"영주님, 여기입니다. 잠시 보고 오겠습니다."

시론은 애써 기억을 되짚을 것 없이 단번에 그날의 그 자리를 찾았다.

계속해서 머릿속에 맴돌던 장면이었다.

사실 시론도 알고 있었다.

어디 가지 말고 여기 있으라고 뱉어 냈던 그 말이 얼마나 무책임하고 이기적인 말이었는지.

도와줄 수 없다는 것도, 이대로 가면 실피드가 살 수 없을 것이란 것도 다 알고 있었다.

그런데 그때는 그렇게 뱉을 수밖에 없었다. 그래서 가슴에 인이 박여 버렸다.

"실피드……. 정말 여기 그대로 있었구나……."

있으라고 한 자리 그대로.

정말 그 자리 그대로 실피드가 있었다.

아니 이제는 실피드였던 흔적이라고 해야 할까.

시론의 어깨가 격하게 들썩거렸다.

"시론, 울 일이 아니다. 기사는 전우를 눈물로 보내지 않는다."

"하지만, 실피드가 저 때문에……. 제가 좀 더 주의를 기울였으면 이렇게 되지 않았을 거예요. 어차피 제가 달리면 됐던 건데…… 그러면 그냥 습격을 받았을 때 바로 실피드를 반대편으로 보내고 저는 그냥 내달렸으면……. 그 추격자들도 저만 노리고 달려왔을 테니까 실피드는 죽지 않았을 거예요. 제가 멍청하게 넋 놓고 있어서 공격당한 거예요. 죄송해요, 영주님. 저를 믿고 맡겨 주셨는데 제가 멍청하고 아둔해서 이렇게 되어 버렸어요."

시론은 눈물을 뚝뚝 쏟아 냈다.

시론에겐 이것도 감당하기 벅찬 감정인가 보다.

이래서야 어디 검을 쥐고 적과 마주할까 싶다.

"지금 네 행동은 오히려 실피드를 욕보이는 짓이다."

"네, 네? 그, 그렇지 않아요. 저는 실피드를 모욕할 마음이 하나도 없습니다."

"그렇다면 말해 봐라. 실피드의 마지막이 명예롭지 못했느냐."

"아니요. 전혀 아니에요. 실피드는 도망치지 않았어요. 놀라지도 않았고요. 화살이 그렇게 깊이 박혔는데 저를 내동댕이치지도 않았어요. 실피드는……. 실피드는 그 잠깐에도 저를 주인으로 인정해 줬어요……."

"그래. 그랬을 것이다. 그러한 기질이 실피드가 명마인 이유이자 그 명예이다. 그렇다면 너는 어땠느냐? 너는 전우의 희생을 헛되게 했느냐?"

"그건……."

"아니지. 전혀 아니다. 너는 임무에 성공했다. 그것으로 바르테온은 구해졌다. 이걸 이해하느냐? 적시에 도착한 원군은 적시에 도착한 전령이 없이는 불가능한 것이다. 너는 그런 임무를 성공한 거다."

"저는 그냥…… 그냥 달린 것밖에 없습니다. 할 줄 아는 게 그것뿐이라 죽어라고 달린 것밖에 없습니다."

"왜 그렇게 죽어라 달렸느냐? 추적자가 쫓아오니 네 목숨

보전하려 달린 것이냐?"

"잡히면 안 됐어요. 잡혀가든 잡혀서 죽임당하든, 어떻게 되든 영주님의 명령서를 전달하지 못하니까요. 임무에 실패하니까요. 그래서 죽어라 달렸습니다."

"그 마음이다. 바로 그 마음이 기사의 마음이며, 그것이 바로 기사도다. 기사를 태운 실피드는 명예로웠을 것이다. 분명 저 하늘의 별이 되었겠지. 그러니 슬퍼하지 말고 영예롭게 보내면 된다. 실피드도 그걸 원할 거다."

카일이 먼저 예에 맞춰 묵념했다. 시론은 그를 따라 눈물을 훔치며 함께 묵념했다.

"이제 유해를 추리거라."

"네."

얼마 되지도 않았는데 하얗게 뼈만 남았다. 시체매들이 다녀갔을 것이다.

시린 겨울 땅에 혼자 누워 있었어서 그런가 그 남은 몸도 너무 시렵다.

시론은 또 울컥할 뻔했지만 애써 눈물을 참았다.

명예로운 죽음이었으니까. 그러니까 울 일이 아니라 웃으며 환송해야 한다.

"전부 찾으려 애쓸 필요는 없다. 자연의 일부로 돌아간다면 그것 또한 영광된 일이니 그만하면 충분하다."

"네, 알겠습니다."

시론은 실피드가 누웠던 그 자리에 자신의 투척도를 꽂았다. 그러곤 다시 한번 깊이 묵념했다.

그 후회의 감정이 절절히 전해진다.

'말에게도 진심으로 이렇게 슬퍼하는 걸 보면 분명 곧은 기사가 되겠지.'

"시론."

"예, 영주님."

"무릎을 꿇거라."

카일이 메테오를 뽑으며 말했다.

시론은 당황스러운 얼굴로 일단 무릎을 꿇었다.

"마나 유저가 되었으며, 기사도를 함양했고, 전시에 큰 공을 세웠다. 기사로서 갖춰야 할 모든 것을 갖춘 인재에게 마땅한 직책을 내리노라. 시론, 영주의 이름으로 실피드란 성을 하사하며 영주 직속 파발기사로 명하노라."

"여, 영주님, 제가 감히……."

"시론 실피드는 기사로서 예를 다하라."

카일의 말에 시론은 얼른 고개를 숙였다.

그 행동이 여느 기사들처럼 정갈하진 못했지만 그 마음은 모자람이 없었다.

시론은 그렇게 시론 실피드가 되었다.

아침 시간이 지나 관저로 돌아온 카일은 바로 비슈에게 갔다.

비슈는 지친 기색 하나 없이 여전히 오브 생산에 몰두하고 있는 중이었다.

"비슈, 그만하면 당장 쓸 양은 충분하겠어."

"그러면 그만 만들까요?"

"그래. 다른 급한 일도 봐야 해서. 외부 일정 좀 봤으면 좋겠는데, 잠깐이라도 눈 좀 붙였다 할까?"

"아니요. 저는 일할 때는 그냥 한번에 쭉 이어서 하는 게 좋아요."

비슈는 잔에 남은 초코우유를 단숨에 털어 넣으며 일어났다.

"아침은 먹었어?"

"초콜릿 먹었어요."

"허기지지 않아? 먹을래?"

"이미 초콜릿 많이 먹어서 여기에 또 밥 먹으면 엄청 졸리거든요. 그래서 저 일할 때는 밥 안 먹고 초콜릿하고 우유만 마셔요."

좋은 습관이라 할 순 없지만, 그런 걸로 건강 걱정할 상대는 아니다.

"그게 네 방식이라면 존중해야지. 나도 일할 때는 일 먼저 하는 게 좋긴 해. 그럼 바로 가자."

카일은 비슈와 함께 동바르테온으로 이동했다.

지금도 동바르테온은 13세대 후계들과 그 단원들이 골렘 오브를 활용하여 폐자재를 치우고 있는 중이다.

카일이 명령한 그날부터 지금까지 계속 작업했지만 아직도 많은 부분이 남았다.

일감에 비해 일손이 부족한 상황이니 인력 충원만이 답이다.

그리고 그 충원될 인력의 핵심이 바로 비슈다.

"비슈. 골렘으로 폐자재 치우는 거 보이지?"

"네."

"너에게 저 정도는 쉽지 않아?"

"네, 딱히 어렵지 않아요. 저거 치우면 되나요?"

"명색이 마스터인데, 규모가 다른 일을 해야지. 밖으로 나가자."

카일은 허물어진 성문 밖으로 나갔다.

성문의 도개교가 무색하게 해자가 매여 있었다.

온갖 잡석과 바위 나무 따위가 뒤엉켜 강물을 막고 있다.

바르테온강과 연결되어 있는 해자인지라 골렘 오브를 활용한다고 해도 막혀 있는 부분을 퍼내는 것이 마냥 간단한 작업은 아니다.

"비슈, 실력 한번 보여 줘."

카일은 그녀의 마스터 골렘 오브를 내줬다.

"해자를 막은 잡동사니를 걷어 내면 되는 거죠?"

"척하면 착이네."

비슈는 바로 오브에 마나를 밀어 넣었다. 오브에서 골렘의 몸체를 이루는 마나 줄기가 뻗어 나와 막힌 해자로 파고들었다.

구그그그ㅡ.

나무, 돌, 모래 가릴 것이 없이 뒤엉켜 거인의 형태로 일어났다.

콰콰콰콸ㅡ.

막혀 있던 해자가 다시 흐르기 시작했다.

아주 간단했다.

"이렇게 하면 되나요?"

비슈는 5미터가 넘는 골렘을 옆에 세워 두고 물었다.

"재료 통일이 상관없네?"

"재료 통일요?"

"원래 골렘 만들 때 나무면 나무, 돌이면 돌, 이렇게 한 가지 재료로 만들어지던데. 지금 네가 만든 골렘은 다 섞여 있길래 한 말이야."

"나눠서 했어야 되는 건가요? 그냥 해자만 뚫으면 된다고 해서 이렇게 한 건데요."

"아니야. 잘했어."

"저쪽도 할까요?"

비슈가 해자의 다른 쪽을 가리켰다.

막힌 정도는 아니지만 장애물이 좀 쌓여 있는 지점이었다.

"무리하는 거 아니지?"

"이 정도는 초콜릿 녹이는 것보다 수월해요."

"그럼 쭉 훑어 줘."

비슈는 방금 만든 골렘을 허물어트린 후 다시 해자 쪽으로 골렘 줄기를 뻗어 냈다.

골렘 줄기가 해자 속으로 밀려 들어가더니 그 줄기를 따라 흙, 모래, 바위 할 것 없이 딸려 올라왔다.

꼭 배에서 그물 걷이를 하는 것처럼 끊임없이 끌려 올라왔다. 기계로 빨아들이는 것 같은 속도였다.

그런데 그것들이 골렘의 형태로 이루어지지 않고 그대로 옆에 수북하게 쌓인다.

해자만 뚫어 내면 되는 것이니, 굳이 골렘으로 연성시키지 않는 것이다.

'확실히 일머리가 좋아. 이거 생각보다 훨씬 쉽게 진행되겠어.'

카일은 오늘 하루 굳이 서두르지 않아도 될 것 같은 느낌이었다.

"그런데 골렘은 연성하지 않아?"

"골렘으로 만들어야 돼요? 죄송해요. 저는 여기 막힌 것만 치우면 되는 줄 알았어요."

비슈가 아차 하며 말하는 사이 순식간에 골렘이 만들어졌다.

다른 골렘술사들과 같은 선상에 놓을 수 없는 수준이다.

"혹시나 해서 물어본 거였어. 골렘 오브를 작동하면 무조건 골렘으로 만들어지는 줄 알았거든."

"고정식하고 변동식하고 종류가 달라요. 제 건 변동식이에요."

비슈는 여전히 퇴적물을 빨아들이면서 답했다. 끌어내는 퇴적물의 부피와 무게만 보아도 상당한 에너지가 소모될 일인데 별달리 힘들어 보이지 않았다.

"변동식은 형태가 자유롭게 변하는 오브를 말하는 건가?"

"네. 맞아요."

"그렇다면 모래 골렘 오브는 전부 변동식이라고 봐야 하나?"

"반드시 그런 건 아니에요. 모래 골렘 오브도 고정식으로 만들어도 돼요. 그런데 모래를 재료로 쓸 정도면 실력이 뛰어나니까 다루기 어려운 대신 효용이 더 좋은 변동식을 기본으로 만드는 것뿐이에요."

"제작 난이도는? 변동식과 고정식의 차이가 커?"

"별달리 차이 없어요."

정말 차이가 없는 건가 모르겠다. 특출난 천재에겐 곱셈이나 방정식이나 별다른 난이도 차이가 안 느껴질 테니 말이다.

"일단 바닥에 깔려 있는 것들은 전부 끌어 올렸어요. 닿는 곳까지는요. 저~기도 할까요? 저기는 안 닿아서 가까이 가야 할 것 같아요."

안 닿는다는 곳까지가 족히 100미터 거리는 될듯하다.

"아니야. 우선 이것만해도 충분해. 어차피 해자는 뚫렸으니까."

"네. 그럼 다 된 건가요?"

"컨디션 괜찮지?"

"잠시만요."

비슈는 주머니에 챙겨 온 초콜릿 조각을 와작와작 씹어 먹었다.

"이제 괜찮아요."

"효율 좋은 아고르구먼."

"네?"

"그냥, 혼잣말. 그건 그렇고 수영은 할 줄 알아?"

"죄송해요. 한 번도 해 본 적 없어요. 그런데 아마 못 할 거예요. 지금이라도 배울까요?"

"일단 가 보자. 이 정도 사정거리면 굳이 수영 못해도 될 것 같긴 하다."

카일은 비슈와 함께 동바르테온을 가로질러 바르테온 강변에 도착했다.

끊어진 다리가 있는 위치다.

완전히 허물어진 바르테온교 옆으로 임시로 조성된 장간교를 타고 강의 중간 지점에서 멈춰 섰다.

"여기도 보면 다리가 다 끊어졌어. 원래 다리였던 자재들이 이 강바닥에 가라앉아 있을 거야. 그걸 꺼내서 쓸 수 있는 건 다시 재활용해야 되거든."

"그러면 모래나 다른 잡동사니는 섞이면 안 되는 거네요."

"그렇지."

비슈는 수면 위를 뚫어지게 쳐다봤다. 그러다 안 되겠다 싶었는지 얼굴을 물속에 담갔다.

"푸하ー. 될 것 같아요."

찬물을 뒤집어쓴 얼굴에서 김이 모락모락 올라온다.

"할 수 있겠어?"

"네. 대충 봤는데 큰 돌덩이들이 막 쌓여 있는 것 같았어요. 한번 해 볼게요."

"한번 해 봐."

비슈는 오브를 낀 오른손과 함께 얼굴을 수면에 집어넣었다.

고요히 흐르던 수면이 거칠게 출렁거리기 시작했다.

촤아아아ー.

거대한 골렘의 머리가 수면 밖으로 튀어나왔다.

"이거 밖으로 옮겨도 되는 거죠?"

"그래. 어차피 다 불탄 자리니까 아무 데나 올려놓으면
돼."

"네."

십여 미터 높이의 거대한 골렘이 육중한 소리를 내며 강
밖으로 걸어 나왔다.

주변에 있던 사람들이 하나같이 입을 떡 벌리며 그 광경에
시선을 빼앗겼다.

"괴, 괴물이구먼."

"저건 참말로 괴물이여. 도시를 공격한 모래 괴물은 그냥
꼬마 수준이겠어."

"그런데 저 괴물을 다루면 벤자르 놈일 텐데, 이거 위험한
거 아닌가 모르겠네. 저 사람이 갑자기 난리라도 피우면 어
떻게 한담?"

"그럴 일이 있겠어?"

"아니, 왜? 사람 일 모르는데, 그런 일이 일어나지 말란 법
이 아주 없는 건 또 아니잖아."

"그럴 것 같았으면 영주님께서 저렇게 풀어 두지도 않으셨
겠지. 우리 영주님이 얼마나 철두철미하신 분인데. 만약 그
럴 것 같았으면 저리 두시지도 않았겠지. 그 왜, 영주님 출전
하셨을 때도 영주님께서 전부 방법을 지시해 주시고 나가

셨다잖아. 척! 척! 척! 다."

"그 말이 진짜야, 그럼? 그 위험할 때마다 봉투를 하나씩 열어 보라고 한 게. 그게 사람이 가능한 건가? 미래를 보는 눈이 없고서야."

"너는 우리 영주님을 사람으로 보고 있었어?"

"그럼?"

"하늘에서 내려 주신 영주님이시지. 강의 사랑을 받는 수신님의 아들이시고. 뭘 모르는구먼, 뭘 몰라. 그러니까 영주님이 하시는 일엔 걱정 같은 거 말고 그냥 잘되게 해 주십사 ~ 기도나 하라 이 말이야."

카일은 귀에 걸리는 그들의 잡담을 기분 좋게 넘겼다.

기분 나쁠 게 하나도 없다. 일이 잘 풀려 가고 있으니 말이다.

"저, 일단 주변에 걸리는 건 거의 다 한 것 같아요. 그런데 이게 전부인지는 모르겠어요."

거대하게 일어났던 골렘이 자재 더미로 쌓여 있다.

얼추 살펴보니 깨진 부분이 많이 없다.

깔끔하게 축만 제거하여 허물었을 뿐 아니라 바로 강으로 떨어져 손상이 최소화된 덕분이다.

이 정도면 대부분 살릴 수 있을 것 같다. 부족한 부분만 새로 만드는 것 정도는 얼마든지 가능하다.

그러기 위해선 우선 자재 분류를 해야 한다.

바르테온의 모든 다리는 아치교다. 기둥을 만드는 큰 바위 형태의 돌과 아치를 이루는 구부러진 사다리꼴 형태의 돌이 있고 길을 만드는 거대한 판석형 돌이 따로 나뉜다.

비슈는 하나씩 블록을 골라내는 게 아니라 공중에 십여 개의 바위를 펼쳐 두곤 한 번에 분류를 했다.

공중에서 거대한 바위들이 퍼즐 조각 움직이는 것처럼 옮겨 다니며 분류대로 자신의 자리를 찾아갔다.

장정 서넛이 붙어서 움직여야 하는 바윗덩이 수십 개를 공깃돌 던지고 놀듯이 옮기는 걸 보고 있자니 마나 운영을 통한 기술이 아니라 염동력 같은 초능력을 보고 있는 것 같은 기분이 들 정도였다.

"일단 보이는 대로 했는데, 이렇게 하면 될까요? 수정 사항 말씀해 주시면 보완할게요."

"이 정도면 충분해. 더할 나위 없어. 컨디션은?"

다시 초콜릿 한입 와작- 베어 문다.

"괜찮아요."

카일도 비슈의 마나홀을 살폈다. 아직 활력이 충분하다.

일과 시간이 많이 남기도 했다.

"그러면 오늘은 딱 한 가지만 더 해 보자."

시야에 들어오는 모든 돌덩이들을 전부 노드 시스템에 앉힌 후 그것을 3D 모델링의 형태로 정보화시켰다.

그다음은 시뮬레이션을 이용한 조립이다.

단순한 복원이 아닌 증축을 해야 한다.

카일은 현재 통용되는 범선의 크기를 가늠하여 30%의 여유를 주어 중앙의 가장 큰 아치를 구성하고 그 지점을 중심으로 나머지 바르테온교를 구성했다.

기존의 바르테온교와 비교해 보니 그 부피가 280%가량 증가했다.

기술적으로만 문제가 없다면 자재를 구하는 것은 어떻게든 가능하다.

카일은 새로이 구조를 짠 바르테온대교, 가장 끝부분의 강둑 연결 부위에 현재의 바위들을 대입하여 다시 설계를 짰다.

그리 오래 걸리지 않아 설계가 완성되었다.

이제 이걸 토대로 그대로 쌓아 올리면 된다.

"비슈, 잠깐 보자."

카일은 바닥에 그림을 그려 다리의 첫 번째 아치를 표현했다.

"끼워 맞춤 방식으로 구조를 강화시킬 거야. 이해하지."

"네. 통나무집을 지을 때처럼요."

"그래. 그거."

"그런데 이걸 완벽하게 이렇게 맞추려거든 설계를 하는 시간이 필요할 것 같아요. 시간을 주시면 이틀? 아니, 내일 아침까지 해 볼게요."

"자리는 내가 알려 준다고 했잖아. 설계는 이미 나와 있으니까 너는 들어서 쌓는 걸 도와주기만 하면 돼."

"설계가 나왔어요? 돌은 방금 정리했는데 어떻게 설계가 나왔죠?"

"그건 내가 머릿속으로 정리했어."

"도면도 그리지 않고요?"

이번엔 비슈가 깜짝 놀라 되물었다.

"그래."

"우와—! 영주님께서는 엄청난 천재시군요!"

"천재는 무슨. 그냥 운이 좋아서 가진 재주일 뿐이야."

"운이 좋아서 그렇게 할 수 있는 건가요?"

비슈는 이해할 수 없는 난제를 마주한 듯 눈을 크게 뜨며 빤히 쳐다봤다.

그 시선이 너무 진해서 조금 묘하다 할 정도다.

"그만. 지금 그게 중요한 게 아니잖아. 날 볼 게 아니라 작업에 집중해야지."

"네."

비슈는 손에 쥐고 있던 초콜릿을 한입에 털어 넣고 씹어 삼켰다.

"영주님이 시키는 대로 하면 되는 거지요?"

"그래. 시키는 대로만 해도 최상이다."

이런 아치교 건설을 전통적인 공법으로 하면 우선 대나무로 사람이 걸어 다닐 수 있도록 지지목을 설치하고 그 위에 통나무로 아치 형태의 받침목을 짠 다음 그 위에 돌을 얹어 다리를 많든 후에 지지목과 받침목을 제거하여 완성한다.

엄청난 인력과 시간이 필요한 일이다.

이걸 하루, 반나절도 아니고 고작 몇 시간 만에 뚝딱 해낼 수 있을까?

자신이 직접 하고 있으면서도 정말 마법 같은 일이 벌어지고 있다는 느낌이다.

이건 유성으로서 경험한 최신식 현대 공법으로도 따르지 못하는 기술이었다.

"그럼 시작하자."

"네!"

비슈는 카일이 지정해 준 바윗돌을 전부 하나로 엮었다. 바윗덩이는 거대한 애벌레가 나뭇잎을 건너가는 것처럼 강변에서 첫 번째 다리로 건너갔다.

그러곤 몇 번 몸체를 들썩거려 바위를 꽉 끼워 맞췄다.

비슈가 골렘 연성을 해제했다.

꾸드드득 돌 눌리는 소리가 울렸다.

순식간에 거대한 아치가 완성되었다.

첫 번째 아치만 해도 작은 어선급은 별 지장 없이 통과할 크기다.

"이야―. 이게 되네. 이게 돼. 비슈, 올라와 봐."

카일이 아치 위로 비슈를 불렀다. 비슈는 쪼르르 달려와 카일 옆에 섰다.

"꼭 무슨 이야기 속에 나오는 일 같지 않아? 은혜 입은 거인이 하룻밤 사이에 다리를 지어 주고 갔다는 그런 이야기 말이야."

"아데푸르센 거인요?"

"아데푸르센?"

"네. 고원을 만든 거인요. 원래 고원도 다른 산처럼 뻐죽뻐죽했는데 아데푸르센 거인이 발로 쿵쿵 밟아서 하룻밤 만에 평평하게 만들어 준 거라고 했어요."

"그래? 루카시스 고원에 그런 전설이 있는 줄은 몰랐군."

"골렘도 아데푸르센 거인을 따서 만든 거예요. 산을 밟아서 평평하게 만들 정도로 강력한 거인으로요."

"그런데 그 거인은 왜 그렇게 해 줬대? 전쟁 때문에?"

"솔 지역은 온통 산으로 둘러싸여 있어서 아주 옛날에는 밖으로 나가는 길이 없었대요. 그래서 거인이 그나마 밖을 내다보라고 산 정상을 깎아서 고원을 만들어 준 거래요."

"그렇구나. 그럼 고마운 거인이네."

보통 설화나 전설 같은 것이 정확한 작자를 알지 못하는 게 일반적이다만 그 탄생 이유는 그 시대의 사회상과 밀접한 연관이 있다.

아마도 그 시대 솔인들은 자신들이 산에 둘러싸여 갇혀

있다 여겼고 산 너머의 세상으로 나가고 싶었던 염원이 있어
서 이런 거인의 이야기를 만든 것이 아닐까 싶다.

"그런 걸 보면 이제야 골렘이 제자리를 찾은 것 같아요."

비슈는 뿌듯한 마음을 담아 말했다.

"제자리라ー."

"아데푸르센 거인도 사람을 죽이기 위해서가 아니라 사람
들을 편하게 해 주기 위해서 고원을 만들어 준 거니까요. 골
렘도 이렇게 사람들을 편하게 해 주잖아요. 영주님의 손안에
서는요."

벤자르가 아닌 바르테온에서의 골렘.

비슈는 골렘이 있어야 할 자리로 바르테온이 더 알맞다는
말을 하고 있는 것이었다.

이 말을 다른 골렘술사들이 들으면 어떤 표정을 지을까?

아니, 어떤 마음이 될까.

그리고 그 벤자르의 모든 골렘술사들에게 비슈와 같은 마
음을 가지게 할 수 있다면 그 앞은 어찌 될까.

'바르테온의 번영ー.'

답은 정해져 있는 것이나 마찬가지였다.

"자, 오늘은 이만 들어가자. 앞으로도 할 게 많아."

카일은 동바르테온을 보았다. 폐허로 변했다고 해도 과언
이 아니다.

하지만 카일은 그 모습이 폐허가 아닌 빈 도화지로 보

였다.

무엇을 그리든 자신의 몫이었다.

"시론, 가서 페르벤과 잭을 불러오라."

카일은 테이블 옆에 금방 작성한 서류를 잔뜩 쌓아 둔 채 명령했다.

"예, 영주님."

시론이 읍하여 달려 나갔다. 카일은 페르벤과 잭이 도착하기까지 지금까지 작성한 서류를 기반으로 깔끔하게 정리된 명령서를 만들었다.

"영주님, 부르셨습니까. 호출받고 대령했습니다."

페르벤이 먼저 도착했다.

몸을 턴다고 털었을 것인데도 옷에 톱밥이 잔뜩 묻어 있었다.

해가 넘어간 시간에도 저런 모습인 것을 보면 그의 목재소가 어떨지 얼추 그려진다.

"요즘 일이 많지?"

"동바르테온 재건에 들어갈 나무를 준비하고 있습니다. 필히 많은 양의 목재가 들어갈 것 같아서 말입니다."

딱히 미리 준비하라 말하지 않았다. 페르벤이 알아서 먼저 준비하고 있는 것이다.

"먼저 알아서 고되게 준비해 주니 고맙군."

"고된 게 어디 있겠습니까요. 영지에 난리가 났는데 두 팔

걷어붙여도 모자라지요. 마음 같아서는 몸뚱이가 서너 개는 되었으면 하는 바람이다."

"그리 말해 주니 흡족해. 다들 당신과 같은 마음으로 함께 한다면 해치우지 못할 일이 없을 테야."

"여부가 있겠습니까. 저뿐 아니라 나무장이들은 전부 나무 깎느라 정신이 없습니다. 영주님께서 나서시면 그야말로 온 영지가 합심하여 움직일 텐데, 자재가 모자라면 안 되지 않습니까."

흡족한 말이었다.

"좋군. 그러니 준비를 하도록 해. 나무도 나무지만 숙련공들이 많이 필요해."

"영주님께서 친히 지휘하시는 건설 사업이라면 무급으로라도 와서 일하려는 장인들이 수두룩합니다. 사람은 제가 모을 것도 없습니다."

"단순히 사람뿐 아니라 체계를 잡으란 말이었네. 건축관들은 드세잖아."

험하고 위험한 일을 하는 사람들은 대부분 드세고 거칠다. 그렇기에 그들을 통솔해야 하는 장들은 개개인이 모두 자신의 색이 뚜렷한 편이었다.

"대대적인 재건이야. 내가 일일이 통솔할 수 없어. 그렇다고 기사를 두어 통솔케 할 것도 아니잖나. 이것이면 위세가 부족하진 않을게야."

카일은 준비한 영주의 칙령서를 내줬다. 칙령서를 한눈에 훑은 페르벤은 바로 그 뜻을 이해하곤 고개 숙였다.

"알겠습니다. 제가 단단히 일러서 영주님 지시 사항에 사적인 감정 부리는 놈이 있으면 아주 요절을 내놓겠습니다. 당장 오늘 밤에 조장들 다 모아서 정리를 해 놓겠습니다."

"그리해 주면 좋지. 서두르고 싶은 마음이라."

"예. 그러면 얼른 물러가겠습니다."

페르벤이 칙령서를 품에 쿡 넣고는 방을 나갔다. 그와 동시에 잭이 들어왔다.

"부르셨습니까요."

"요즘 일 많나?"

"화로 주문이 많이 들어왔습니다. 그런데 별것 없습니다. 보아하니 복잡해 보이지도 않는데요."

잭은 책상 위의 도안을 슬쩍 보며 말했다.

"구조적으론 복잡하지 않아. 그런데 강하게 만들어야 해."

카일이 설계도를 내줬다.

자체적으로 지렛대의 원리를 가져 큰 힘을 낼 수 있게 만든 대형 쇠 지레, 줄을 당기면 당길수록 무는 힘이 강해지는 대형 집게, 걸쇠 형식으로 안전장치가 되어 있는 대형 리프트까지.

전부 다 구조가 복잡하지 않았지만 바위 작업을 할 때 유용하게 쓰일 수 있는 것들이었다.

"바윗돌 괴는 용으로 쓰는 것입니까?"

"그래."

"그럼 그 소문이 진짜 사실인가 봅니다. 영주님께서 바위 괴물에게 명령을 하니까 그 괴물 놈이 스스로 기어가 다리가 되었다는데요."

"아무리 그래도 사람 손이 타야 될 곳이 많아. 이건 그 도구들이고."

"튼튼히 만들어야 한다는 말씀 이해했습니다. 소 백 마리가 올라가도 너끈한 놈으로 만들어 바치겠습니다. 언제까지 만들면 되겠습니까?"

"빠를수록 좋지."

"그러면 짝을 맞춰서 우선 되는대로 먼저 보내 드리고 그다음엔 모자란 것부터 대량으로 만들어서 보내겠습니다."

"이번 일 끝나면 좋은 누비옷 한 벌 내리지. 전쟁이 없었으면 먼저 해 줬을 건데, 말뿐이라 모양새가 안 나는구면."

"아닙니다. 좋은 누비옷이야 쇳밥에 불씨 먹는 놈이 뭐가 필요하겠습니까. 그럼 물러가겠습니다."

잭이 도안을 들고 물러갔다.

카일은 책상 위에 수북한 서류를 치웠다. 그러곤 새 종이를 올렸다.

골렘으로 다리를 건설할 수 있다는 사실을 파악했다.

큰 규모의 공사이지만 그만큼 덩어리가 커서 구조 자체가 오밀조밀 복잡하진 않다.

그러니 이번엔 그와 같은 구조에 대한 연구를 할 차례다.

정말 급한 것은 다리가 아니라 당장 사람들이 주거해야 할 주택들이다.

교량보다 덩어리가 작고 복잡한 구조다.

거기에 이왕 올리는 것 복층의 구조로 하고 싶다. 앞으로 영지가 발전할 것을 생각하면 인구밀도가 올라갈 테니 말이다.

꼭 그게 아니더라도 인구밀도를 올려 두면 성내에 추가적인 부지를 확보하기에도 좋다.

수신공원 외에 추가적인 공원이나 야외극장 같은 것을 두어도 좋고 말이다.

카일은 고려할 수 있는 것들을 모두 고려하여 구조를 짜 나갔다.

❁

"마이스터님, 영주님께서 친히 준비하라 명하여 마련한 것입니다."

메이는 소풍 가방 같은 크기의 가죽 가방을 내밀었다.

비슈가 가방을 열어 봤다. 힙플라스크 다섯 개가 쪼로록 담겨 있다. 반대 칸엔 소분한 초콜릿이 있었고 외부 포켓엔 각설탕이 가득 들어차 있었다.

"그 정도면 한나절 먹을 양은 되지?"

"네. 충분해요."

"그럼 나가자. 오늘도 확인할 게 많아."

비슈는 이동하는 동안 카일이 고안한 설계도면을 살폈다.

"최대한 간단히 만들었어. 보기에 어때?"

일반적인 평민들의 주택은 바닥을 깔고 기둥을 세우고 벽을 치고 천장을 덮는 것이 전부다.

너무 간소하게 말했나 싶을까 싶지만 바닥을 깔지 않고 다진 흙바닥에 가죽이나 멍석을 깔아 놓고 사는 경우도 일반적이다.

당장은 비바람 피할 정도면 된다고 본다.

지금 시험하고 있는 골렘건축술이 제대로 보급되면 발전된 주택을 얼마든지 공급할 수 있다.

"어제 다리를 건설했던 것과 비교하면 힘보다는 세심함을 더 기울여야 할 것 같아요."

"어렵지는 않겠어?"

"한 번도 안 해 본 거긴 한데, 하는 것 자체는 어렵지 않을 것 같아요. 그런데 문제는 속도이지 않나요? 엄청나게 많은 수의 집을 지어야 하잖아요."

"그렇지. 그래서 최대한 간단히 설계를 잡은 거야. 주재료가 벽돌인 것도 그런 이유고."

벽돌로 문과 창문의 공간을 남기고 벽을 쌓은 후 천장은 아치를 유지하며 돔 형태로 완성된다.

보통의 공법대로라면 나무로 대들보를 삼은 후 빈 공간을 배우는 방식보다 아치돔형 천장을 만드는 게 몇 배나 손이 많이 가는 고급 공법이다.

하지만 골렘술을 활용한 공법으론 오로지 벽만 활용하는 아치돔 공법이 효율이 더 좋을 거라 예상했다.

"그런데 이런 아치보다 통나무로 대들보를 삼는 게 낫지 않나요? 그렇게 하면 벽돌로 쌓은 벽이 무게를 못 버틸까요?"

"네 말도 일리는 있는데, 그렇게 하면 통일되지 않은 재료가 들어가잖아. 너한텐 그게 더 간단할지 몰라도 다른 골렘술사들에겐 재료가 통일되어 있는 게 낫지 않아?"

"그건 그렇죠."

"나무집에 대한 도안은 따로 있어. 넘겨 봐."

다음 장은 통나무집에 대한 도안이다.

전부 다 통나무로 짓는 게 아니라 뼈대만 통나무로 먼저 만들어 주는 것이다.

원래 통나무집도 정말 힘이 들고 어려운 것은 무거운 통나무를 세우고 올리는 작업이다.

그게 힘들어서 발판을 짜고 지지목을 넣고 도르래를 달고, 온갖 추가적인 작업이 들어간다.

그런데 딱 골조. 그러니까 사면의 기둥에 더해 천장이자 바닥이 될 서까래만 들어가 있으면 나머지 빈 부분을 메우는 건 아무나 와서 해도 될 정도로 어렵지 않다.

기둥과 기둥 사이에 손목만 한 나무를 먼저 가로로 박아 넣고 그 사이사이 아주 얇은 싸리나무를 격자로 끼워 넣으면 끝이다.

그다음엔 짚과 흙을 섞은 반죽으로 마감을 치면 되는 거다.

이건 정말 어려운 게 아니라 한다 치면 열 살짜리 아이들도 할 수 있는 난이도다.

"이건 정말 쉬운데요. 견습도 할 수 있을 정도예요."

"그래?"

"네. 골렘을 일으킬 수 있으면 정말 누구나 할 수 있을 거예요."

"그럼 이런 복층 구조는 어때?"

"한번에 조립해야 되는 건가요?"

"한 층씩 올려도 충분하지. 아니, 벽 하나씩만 만들어도 상관없어. 이런 건물을 사람 손으로 지으려거든 석 달은 족히 걸리거든. 그러니 가능하기만 하다면 어떻게 해도 훨씬 빠를 거야."

"1층씩이라면 충분히 할 수 있을 것 같아요."

"그래, 그 말을 기대했어. 우선 오늘은 종류별로 시험하는 정도만 해 보자. 보완점은 그다음에 보완하면 되니까."

"네. 열심히 할게요."

비슈는 각설탕 하나를 톡 털어 넣으며 답했다.

카일이 작업지에 도착했다.

페르벤이 수많은 건축관, 일꾼들과 함께 대기하고 있었다.

그들의 손에는 잭이 만들어 보낸 건축 장비들이 들려 있었다.

다들 숙련공들이라 장비를 어찌 써야 하는지는 따로 설명할 필요가 없었다.

"영주님, 행차하셨습니까. 영주님께 명령받은 대로 아주 단단히 일러 놓았습니다. 영주님께서는 편히 쓰십시오. 관리는 제가 하겠습니다."

"좋아. 간단한 것부터 진행하지."

카일은 우선 통나무를 사용한 방식부터 시작했다.

통나무집은 전통적인 건축법이라 다들 척하면 척이다.

숙련공들은 비슈가 모양을 잡아 주는 것을 바로 끼워 맞춰 기둥을 세웠다.

"이렇게 기둥만 세우고 나머지 벽을 알아서들 하라 할까 싶은데, 어떻게 생각해?"

"다행히 겨울이라 일손이 많습니다. 사람들도 제집 짓는다 여기면 불평하지 않을 겁니다. 다만 벽을 채울 자재를 쉽게 구할까 싶습니다."

"반죽은 강둑에서 퍼 와 바르면 될 것이고, 정리 중인 폐자재를 자유롭게 가용토록 할 생각이야."

"그렇다면 충분할 것 같습니다."

카일은 그것으로 통나무집에 대한 것은 더 이상 시험하지 않았다.

중요한 것은 벽돌로 지을 복층 건물이다.

"이번부터가 진짜다. 숙련공들로 준비하도록 해."

"예, 영주님."

"비슈, 처음부터 복층을 쌓는다 여기고 1층을 작업하자."

"네. 지시대로 할게요."

"주춧돌부터 단단히 놓는다."

벽돌로 복층 집을 올릴 거다. 하중으로 바닥이 가라앉을 테니 주춧돌은 필수다.

주춧돌을 기준으로 바닥돌을 깔았다.

건축관들은 바위 뭉치가 기어가 흙바닥에 눕는 모습을 눈도 깜빡이지 않고 집중했다.

"페르벤, 바닥 평작업은 사람 손이 들어가야 해."

카일의 명령에 페르벤이 휘파람을 불며 움직였다.

대기하고 있던 건축관들이 우르르 달려들어 새로 지급받은 건설 장비를 들고 바윗돌을 끼워 맞추기 시작했다.

그들 모두 숙련공들로 한눈에 딱 보면 돌을 어디서 어디로 끼워 맞춰야 할지 아닌 이들이라 일일이 지시를 내려 줄 필요가 없었다.

그들이 바닥돌을 끼워 맞추는 사이 비슈는 다음 순서를 준비했다.

벽과 천장을 만들 벽돌을 준비했다.

"됐습니다. 바닥돌 전부 끼웠습니다!"

"안전에 대비하여 대기한다! 비슈, 시작해."

비슈가 벽돌을 그물처럼 넓게 펼치며 단번에 벽면과 천장을 엮어 냈다.

"뭣들 하고 있어! 척하면 착이잖아!"

페르벤이 기준에서 튀어나온 벽돌을 똑바로 밀어 넣으며 소리쳤다.

함께 있던 기술자들이 다들 벽으로 달려들어 정렬되지 않은 벽돌들을 끼워 맞췄다.

"영주님, 제가 할 수 있는 한은 구조대로 완료했어요."

카일은 완성된 구조의 안정성을 검사했다.

"페르벤, 확인해."

일부러 확인을 명령했다. 건축관들의 안목을 키워 주려 함이다.

잠시간의 시간이 있고 페르벤은 엄지를 치켜세우며 완벽하다고 소리쳤다.

카일은 그들에게 철수 명령을 내리며 비슈에게 고개를 끄덕였다.

건축관들이 모두 나온 것을 확인한 비슈가 골렘의 지배력을 해제했다.

끄드드득―.

순간 벽돌 눌리는 소리가 불안했지만, 순식간에 완성된 집은 아무 이상 없이 형체를 유지했다.

"여, 영주님, 된 것 같습니다!"

페르벤이 떨리는 목소리로 소리쳤다.

이것만 해도 대단한 일이다. 하지만 이제 겨우 1층일 뿐이다.

"비슈, 다음 층 더 올리자."

카일은 정해진 순서를 당연하듯 지시했다.

5층 건물.

1층부터 시작한 집은 5층까지 올라갔다.

영주 저택이 4층인 것을 생각하면 그보다 높은 높이다.

"이건 불경한 높이입니다, 영주님."

페르벤은 뭔지 모를 얼굴로 말했다.

영지의 이름 있는 건축관으로서 자부심 있는 삶을 사는 동안 이런 경험을 해 봤던 적이 있던가.

지금까지 자신이 익히고 경험하고 쌓아 왔던 모든 것이 흩어져 버리는 느낌과 동시에 새로운 시대가 열릴 것만 같은.

페르벤은 그러한 기대감과 설렘이 뒤엉킨, 그런 뭐라 형용할 수 없는 감정을 느끼고 있었다.

"불경하다라―. 하기야 불경하긴 불경하지. 어디 영주 저택보다 높은 건물이 있으면 쓰나."

영주 관저에서 내려다보면 서바르테온의 저택거리만 그나마 좀 볼만하고 나머지는 사실 판자촌을 보는 것과 다름이 없는 풍경이긴 했다.

그것이 싫었던 것은 아니었다.

자신의 영지니까. 그리고 하나씩 차근차근 고쳐 나가고 있으니까.

하지만 지금 이것을 두고 상상해 보라. 영지의 스카이라인이 생기는 것이다. 말 그대로 스카이라인이.

그 어떤 영지에서도 볼 수 없는 장관이 될 것이다.

'로마가 그 정도쯤 되었을까.'

콜로세움이니 전차 경기장이니 수많은 극장과 극단이 들어서고 먹을 것과 부유함이 흘러넘치는 그런 도시.

그 도시가 자신의 영토가 되는 것이다.

물론 지금은 비교조차 할 수 없는 수준이다. 하지만 이곳에는 수백 년의 세월을 따라잡을 마법이란 도구이다.

그러니 이 목표를 세대를 거칠 것 없이 자신의 치세 내에서도 이룰 만하지 않나.

"그러니 모든 건물을 다 높이면 될 일이야. 하하하. 별것 아닌 일이지."

카일은 그저 웃어넘겼다.

골렘은 어디까지나 전투용으로 만든 병기다.

그것을 민간 건축에 활용하려는 것이니 용도에 맞도록 변경을 하는 게 당연하다.

골렘술로 복잡한 건축도 가능하다는 것을 확인했으니 이제부터는 그에 대한 연구를 통해 진입 장벽을 낮춤과 동시에 효율을 올려야 할 차례다.

"오늘 했던 것들을 잘 떠올려서 생각해 봐. 너 말고 다른 골렘술사들이 비슷하게 할 수 있을지 말이야."

"통나무로 골조를 세우는 정도는 별로 어렵지 않게 할 수 있을 거예요. 그런데 벽돌로 돔형 천장을 짜는 건 5서클도 쉽지 않을 거예요."

"무조건 변동식 오브로 컨트롤해야 해서 그렇지?"

"네. 골렘으로 벽돌을 쌓는 게 아니라, 골렘 자체가 집의 형태로 만들어져야 하는 거라서요. 그러면 변동식 오브여야 하거든요. 거기에 집의 모양을 잡는 것도 술사의 개인적인 역량에 따라 차이가 날 거고요."

"그러면 효용이 너무 떨어지긴 하네. 인력 수급도 난이도가 너무 높고."

"그런데, 어차피 집을 지으면 되는 거 아닌가요?"

"그렇지."

"그러면 용도와 능력에 따라서 다른 집을 지으면 되지 않을까요? 원래 건축도 뛰어난 건축사가 벽돌집을 짓고 일반 통나무집은 평범하게 짓잖아요."

"그걸 감안해도 효용이 너무 떨어져. 5서클 골렘술사가 몇이나 되겠어."

그런 고위 능력자는 이번 전쟁으로 대부분이 갈려 나갔다. 손에 꼽을 정도밖에 남지 않았을 것이다.

그렇다고 다른 5서클에 준하는 기사나 마법사를 골렘술사, 그것도 골렘 건축술사로 전직시킬 수는 없는 노릇이다.

'연판장에 있는 이적죄인들을 활용하면 어느 정도 충당이 되긴 하겠지만, 이것도 최후의 수단이지. 근본적인 해결을 하긴 해야 돼.'

"비슈, 일단 난이도가 높은 게 변동식 오브여서 그런 거잖아."

"네. 고정식 오브면 5서클까지 가지 않아도 돼요. 그런데 고정식 오브로 집의 형태를 만드는 건 변동식보다 더 어려워요. 고정식 오브에 고정되어 있는 골렘의 형태를 술사의 능력으로 이겨 내면서 집을 만들어야 되거든요."

"그러면 그냥 처음부터 고정식 오브에 집의 형태를 새겨 두면 안 되나?"

"집의 형태요?"

"그래. 본질은 골렘이 아니라 집을 짓는 거잖아. 오브에 골렘의 형태가 아니라 집의 모양을 아예 고정해 놓자고. 골렘 오브에서 골렘이라는 말도 그냥 빼자. 집 오브 어때? 주택 오브라고 하면."

"아—!"

비슈는 뭔가 크게 깨달은 듯 무릎을 치며 엉덩이를 들썩거렸다.

"저 무슨 말인지 이해했어요!"

그녀의 눈동자가 더없이 반짝거린다.

"골렘 오브가 아니라 집 오브! 처음부터 마나 줄기가 집의 형태를 가지게 만들면 되는 거죠? 어차피 집은 움직일 필요가 없으니까요!"

"그렇지. 내 말이 그 말이야. 어때, 가능하겠어?"

"잠시만요. 펜 좀 쓸게요!"

비슈는 초콜릿을 녹일 때와 같은 몰입으로 순식간에 개념도를 그렸다.

그것은 언뜻 보기에 철망으로 이루어진 집의 형태였다.

하지만 카일의 눈에는 비슈가 무엇을 그린 것인지 정확히 이해되었다.

오브에서 뻗어 나가는 마나 줄기에 대한 표현이었다.

"골렘 오브를 만들 때 마나 줄기의 유동성과 형태 유지력의 비율을 맞추는 게 가장 어려워요. 골렘으로서의 형태는 유지하면서 유동성을 가져야 하니까요. 그런데 이렇게 하면

오로지 형태 유지에만 집중해도 돼서 오히려 더 다루기 쉬
워요."

"만드는 데 어려움은? 당장 만들 수 있겠어?"

"적당한 오브만 있으면 얼마든지 만들 수 있어요. 줄기의
형태를 잡는 데 약간의 시행착오가 있겠지만, 절대 어려운
작업은 아니에요. 그런데 유동성을 완전 배제하면 형태 변화
가 너무 어려워지는데 괜찮을까요? 4서클은 되어야 고정을
유지한 상태에서 부분 변환이 가능할 거예요."

"그건 오브를 여러 개 만들면 돼. 어차피 주택의 형태는 크
게 다르지 않잖아. 크기별 용도별로 나눠 봐야 열 개 정도야.
그리고 너무 자잘한 것은 건축관들이 담당하면 될 일이고."

"그러면 오브가 그만큼 많이 필요해요. 골렘 오브는 특히
상등품이어야 하거든요."

"오브라면 충분해. 그러니 그건 걱정 말고 설계만 잡아
봐."

"네, 영주님이 준 주택 도면을 기준으로 작업할게요."

"좋아, 그건 혼자 하는 게 편하지? 편한 곳에서 해."

비슈가 자신의 짐을 챙겨 방으로 올라갔다.

이제 비슈는 밤새워 연구에 몰입할 것이고 내일 아침이면
쓸 만한 시제품이 완성되어 있을 것이다.

'완전 고정식이면 굳이 골렘술사일 필요도 없어. 마나 유
저만 되어도 충분히 활용 가능해. 출력에 따라서는 1서클 유

저도 제 몫을 할 영역이 있을 거야. 이러면 건축 기술자가 아니라 자재 공급을 걱정해야 할 상황이야.'

집 오브가 예상대로만 나와 준다면 집을 찍어 내는 수준으로 지을 수 있다.

골렘이 연성되는 속도로 집이 한 채씩 만들어질 테니 말이다.

"시론, 가서 레이첼 영주를 모셔 오라."

레이첼이 아직 욜트로 올라가지 않았다.

일전에 함께 바르테온으로 오면서 기술 공유를 약속하기도 했으니 지금이 적절한 시점이다.

똑똑똑-.

"영주님, 저 레이첼이에요. 찾으셨다고 들었어요."

"들어오시오."

레이첼이 집무실 문을 열고 들어왔다.

"욜트에 오르기 전에 가닥이 나와서 공유하고자 불렀소. 전에 공유해 준다 했던 것 말이오."

"혹시 오늘 있었던 일과 관련된 건가요? 제자리에서 탑이 솟아올랐다는 거요."

"그렇소. 우선 확인해 보시오."

카일은 레이첼이 호출되는 동안 정리한 골렘 건축술에 대한 개념도를 내밀었다.

레이첼은 집중하여 그것을 확인했다.

"이런 게…… 정말 가능하다는 거죠?"

개념도에 나와 있는 대로면 어지간한 귀족 저택을 3일 만에 지을 수 있는 수준이었다.

물론 모든 자재와 충분한 인력이 준비되어 있는 상황이라는 전제였지만 그렇다고 해도 말도 안 되는 속도였다.

"당신에게 불가한 것을 가능하다 보여 줄 이유는 없소."

레이첼은 다시금 카일이 목적으로 그려 놓은 예시 도안을 보았다.

중정을 가진 형태의 복층 빌리지는 농부촌과 비슷한 구조를 가지고 있었지만 그보다 크고 넓었으며 높고 튼튼했다.

3층 건물에 1층 입구 칸을 제외하고 나면 1층에 7칸, 2층 3층이 각각 8칸이다.

한 빌리지에 23가구가 속하는 것이다.

빌리지 한 동에 100인 이상의 수용 능력을 가진다.

단위 면적당 인구 수용 능력이 3배 이상 상승하는 거다.

거기에 중정을 가지고 있으니 편의 시설도 추가된다고 봐야 한다.

이런 빌리지가 보급된다면 단순 계산으로도 영지에 난립해 있는 주택가를 절반 이상으로 압축할 수 있다.

"그런데 이거 3층까지만 돼요?"

"올리려거든 더 올릴 수 있소. 최대 5층까지. 하지만 5층까지 올라가면 최고층에 사는 이들은 왕래가 매우 힘들게 되오. 3층까지가 적당하다고 판단했소."

수도가 아직 없다. 물을 길어다 써야 되는데 5층에 살면 하루 종일 물동이만 이다가 끝날 거다.

"그렇군요. 하기야 영주님이라면 뭐든 다 고려하셨겠죠. 그러니까 영주님 계획대로면 이런 빌리지가 3일에 한 동씩 나온다는 거죠?"

"1개 조가 3일에 한 동을 만들 수 있다는 것이오."

"그러면 3개 조면 하루에 한 동씩 찍어 낸다는 뜻이네요……? 수용 인구 100명짜리 집을요."

"그렇소."

"와…… 세상이 바뀌는군요. 제가 변혁의 시대에 살고 있는 거였어요."

"이 건축술이 제대로 완성되면 확실히 변혁이라고 할 수 있을 것이오. 단순히 건축뿐 아니라 전술에 있어서도 지대한 영향을 미치게 될 것이오. 다음 장을 넘겨 보시오."

레이첼이 아직 페이지가 남았음을 인식하곤 얼른 다음 장을 넘겼다.

그 페이지에는 주거지 외의 건축물에 대한 예시가 있었다.

"이 건축술은 전술적인 요새나 진지에도 적용할 수 있소."

"어쩜!"

"그 외에도 다리를 놓거나 절벽에 계단을 만드는 것도 얼마든지 가능하오. 우리가 처음 욜트로 가는 길을 개척했을 때를 생각해 보시오. 이것이 얼마나 큰 효용을 낼지 상상이 되오?"

"네. 그때도 영주님께서 앞서 주신 덕에 그만한 속도를 내었던 것인데, 이것까지 사용할 수 있었다면 정말 막힘없이 나아갔을 거예요. 이건 무조건 실현시켜야 하는 기술이네요. 티타늄보다도 더 큰 영향을 끼칠 물건이에요."

"바로 보았소, 해서 말인데, 공에게도 협조를 요청해야겠소."

"저에게요? 이미 이렇게 전부 완성되어 있는데 제가 거들게 있나요?"

"아무리 좋은 기술이 있다고 해도 기반이 충분하지 못하면 제대로 활용될 수 없소. 그 기반에는 원활한 자재 공급망도 포함되는 것이오."

"석재 공급에 관한 말씀이신 거죠?"

"석재, 벽돌 등등 건축에 들어가는 모든 자재에 대한 유통을 말하는 것이오."

레이첼은 잠시 손에 쥔 개념도를 내려놓고는 차분히 생각을 정리했다.

카일은 그녀를 채근하지 않고 그녀에게 정리할 시간을 주었다.

"우선 절대 부정적인 의견을 제시하는 게 아님을 말씀드릴게요. 그저 현 상황에 대한 판단을 말씀드리는 거예요."

"경청하겠소."

"아시다시피 로살롯도 지금 복구할 것이 많아 건축 자재가 품귀 현상을 보이고 있어요. 현 상황에서 로살롯의 모든 유통 능력을 바르테온에 집중시키는 것은 사실상 불가능에 가까워요. 명령을 내려도 듣지 않는 경우가 많아질 것이고 반발도 거칠 수밖에 없어요."

부정적인 의견이다. 하지만 단순한 부정으로 끝나지 않고 그 뒤에 어떠한 해결책이 나올 것이라 생각한다.

카일이 지금까지 보아 온 레이첼은 언제나 그러했다.

"바르테온의 영향력이 더해져야만 수요에 맞는 공급이 가능할 거예요."

"편히 말씀하시오. 어떠한 영향력을 더하면 되겠소?"

"숄, 벤자르에서의 독점 수매권요."

한 지역에서 어떠한 물건을 전량 수매하게 되면 당연히 그 지역엔 해당 물자에 대한 품귀 현상이 일어나고 가격이 뛸 수밖에 없다.

해서, 영지 간의 거래에서 독점권은 매매든 매입이든 아주 민감하게 관리한다.

하지만 숄 연합은 전쟁에서 패배했고 백지 항복 협정문에 사인을 했다.

그 빈칸에 수매권이 아닌 자재 징발을 적어도 저들은 거부 권한이 없다.

"수매가 아닌 징발로도 가능한 일이오."

"징발이 아닌 수매로 할게요."

레이첼은 단단한 어투로 정확히 말했다.

카일은 그 대답이 흡족하여 빙긋이 입꼬리가 올라갔다.

"일부러 돈을 주고 사 오고자 하는 이유가 있소?"

"징발은 일방통행이지만, 상거래는 양방 통행이 되니까요. 그 과정에서 수많은 정보를 얻을 수 있고 영향력과 관계를 성립시킬 수 있다고 봐요. 당장 자재값을 아끼는 것보다 그게 더 큰 가치라고 생각해요."

레이첼도 당장의 이득이 아닌 먼 미래를 내다보고 하는 말이다.

카일로서도 징발보다는 독점 수매가 더 부담이 적으니 마다할 이유가 없다.

"현명하오. 그리 조치하겠소."

"네, 감사해요. 그리고 제가 출장을 가 있는 동안 영주님 곁에서 지시를 수행할 사람이 필요할 것 같아요. 보좌관 식으로 한 명 붙여 드릴게요."

"적당한 이가 있소?"

"홉스라고 기억하시죠? 로살롯 전투 때 모래골렘에 대적해서 싸운 사람이요. 벽에 내던져져서 죽을 뻔한 걸 플레온 경이 치료해 줬었는데요."

"기억하오. 검술 실력이 출중하던데, 상업도 그와 같이 출중한 인재요?"

"상단의 호위대는 화물을 보호하고 그 사이에서 일어나는 분쟁을 해결하는 역할을 해요. 거기에 대장이 되려거든 물류와 운송에 대한 이해가 있어야 하고 그러기 위해서는 상인들과 직접 대화를 하며 일정이나 수량을 맞추는 건 필수거든요. 홉스는 그런 호위대장급들의 우두머리예요."

"검술 실력만으로 올라갈 수 있는 위치가 아니라는 것이군."

"단순히 싸움만 잘해서야 상주들에게 이용만 당하죠. 호위대들을 규합해서 목소리를 낸 게 홉스가 한 것이라 하더군요. 호위대에 대한 지배력이 압도적이에요. 호위대원들이 제 말보다 홉스의 말을 먼저 들을 정도로요. 눈치와 계산도 빨라서 곁에 두셔서 답답한 일은 없으실 거예요."

"그런 출중한 인재를 나에게 보내서 되겠소? 멀리 출장을 가는데 믿을 만한 사람 하나는 영지에 둬야 하지 않소."

"괜찮아요. 사촌들은 지크 어르신께서 아주 단단히 조치를 해 주어서 최소 3개월은 눈치만 살피기 바쁠 거예요. 그리고 로살롯도 영지 재건을 해야 하느라 이리저리 바쁠 거고요. 다른 꿍꿍이 차릴 상황이 안 될 거예요. 그리고 홉스가 영주님 밑에서 어깨너머로 이것저것 보고 배우면 그게 또 발전이지 않겠어요? 멀리 보면 저에게도 득 되는 일이죠."

"알겠소. 좋은 인재를 내주어 고맙소. 귀하게 쓰겠소."

"네. 홉스는 지금 바로 호출할게요. 내일 아침이면 도착할 거예요. 내일 홉스를 소개시켜 주고 저는 욜트로 출발할게요."

"알겠소. 진지마다 통신관이 배치되어 있으니 연락은 수월히 할 수 있을 것이오. 그리고 여유가 되면 장거리 통신 오브를 새로 만들어서 올려 주겠소. 산악 진지에서 로살롯까지 바로 통신이 될 것이오."

"항상 세심히 신경 써 줘서 고마워요."

"받은 것에 비하면 항상 부족하오."

"에이~ 아직도 받은 거 주는 거 따지시기예요?"

"일방적인 관계는 언제고 틀어지는 법이오. 좋을수록 더 챙겨야지."

"그래도 너무 철두철미하게……."

똑똑똑똑!

다급한 노크 소리가 레이첼의 말을 잘랐다.

"영주님, 고원 요새에서 통신이 왔습니다!"

통신관의 말에 레이첼이 입을 합 닫았다.

"들어오라."

집무실에 들어온 통신관이 레이첼의 눈치를 살폈다.

"괜찮다. 고하라."

"예. 고원 요새의 모즈 경으로부터 하달하신 임무를 완수하여 확인을 요한다고 연락이 왔습니다. 특급 통신이라 급히 고합니다."

"알겠다. 바로 출발한다고 전하라."

"예."

통신관이 읍하고 물러났다.

"별낙원에 대한 것인 거죠?"

"그렇소."

"그럼 정말 지금 즉시 출발하셔야겠네요. 차라리 홉스를 벤자르로 가라고 할 까요?"

"아니오. 직접 소개해 주지 않고 관련 사항만 전달해 줘도 충분하오."

카일은 이미 집무실을 나가는 중이다.

레이첼은 선착장까지 배웅을 하고 싶었지만, 자신의 영지가 아닌 곳에서 그렇게까지 하는 것이 마땅치 않다고 생각했다.

"네, 그렇게 할게요. 그러면 무탈히 다녀오세요."

"공도 가는 길 무탈하길 바라겠소. 그럼 다음에 봅시다."

카일은 레이첼보다도 먼저 집무실을 나가며 긴급 출정을 명령했다.

고요함이 내려앉은 바르테온에 순식간에 활기가 피어올랐다.

카일은 바로 선착장으로 이동했다.

부산한 말발굽 소리들이 사방에서 다가온다.

이번 전쟁에서 카일의 노잡이를 했던 인원들이 오늘 밤에도 그와 같은 역할을 수행하기 위해서 모여드는 것이다.

"영주님, 모시겠습니다."

란돌과 아두인이 카일의 양옆으로 붙었다.

그 뒤로 루일러 기사단의 정예들과 앵거 가문의 정예들이 줄지어 있다.

전쟁이 승리로 끝났음에도 군기가 빠지지 않았다.

오히려 더욱 벼려진 느낌이 있다.

카일은 좋은 긴장감이라 여겼다.

자신과 같은 세대로 앞으로 영지의 주역이 될 인재들로서 흡족한 자세다.

"내일 점심은 요새에서 먹을 것이다."

"예. 최속으로 모시겠습니다."

카일의 고속정은 유례없는 속도로 바르테온강을 거슬렀다.

❈

"정보를 모아 특정한 지역은 모두 다섯 곳입니다. 근접 수색은 지양하라 하시어 진행하지 않았습니다."

카일은 붉은 동그라미들이 쳐져 있는 솔 지도를 보았다.

점이 아니라 동그라미다. 그 동그라미 안에 산 두어 개 정도가 들어가 있다.

그 다섯 개 동그라미의 범위를 전부 합치면 지역을 특정했다는 말이 무색해질 정도의 영역이었다.

하지만 카일은 이 결과에 실망하지 않았다. 문책할 생각도 없다.

자신이 원한 게 이것이고 이 정도만 해도 충분하다.

"너무 포괄적이라 송구합니다."

"아니오. 이 정도만 해도 충분하오. 이 이후는 혼자 움직일 테니 병력만 대기시켜 두시오."

"혼자 움직인다는 게 정확히 어떤 의미인 것입니까? 설마 수색을 홀로 하신다는 말씀입니까?"

"그렇소."

모즈가 멀뚱멀뚱 눈을 꿈뻑거렸다. 자신이 카일의 말뜻을 제대로 이해하지 못한 것인지, 아니면 카일이 말을 이상하게 한 것인지 혼란스러울 지경이다.

"지도로 보기에 범위가 작아 보이지만, 실제 거리로는 하루 범위가 넘는 산지입니다. 영주님의 능력이 극에 올라 있음은 너무도 잘 알고 있습니다만…… 괜찮으신 건지요?"

"괜찮소. 병력을 대기시켜 두시오. 짧으면 하루, 늦어도 이틀 안에 움직일 테니."

"아…… 예. 알겠습니다."

모즈는 카일의 확고한 태도에 다른 의구심 없이 고개를 숙였다.

"시론, 숙영 채비로 준비해라. 비슈는 요새에 있도록 하고."

"예, 영주님."

"저, 이거."

비슈가 품에 챙겨 두었던 오브를 내밀었다.

이동하는 동안 개량을 끝낸 건축 오브였다.

"일단 다 만들어서요."

"시론, 텐트는 필요 없겠다. 식량만 간단히 챙겨서 출발하자."

"예, 영주님."

카일은 오브를 받아 쥐며 자리를 파했다.

카일은 앞서서 달렸다.

시론이 빌려 탄 군마는 카일의 박차를 받아 내달리는 칸의 속도를 따라붙지 못했다.

처음부터 벌어진 거리는 시간이 갈수록 눈에 보이지 않을 정도로 떨어져 버렸지만 염려할 일은 아니다.

카일은 먼저 가서 수색을 하면 되고 시론은 약속된 장소에 숙영 준비를 하면 그만이다.

카일은 반나절을 달려 목표 지점이 보이는 곳에 멈춰 섰다.

산으로 들어가지 않는다. 적들에게 발각될 위험 때문이 아니라 시야각이 좁아지기 때문이다.

"후우―."

칸에서 내린 카일은 호흡을 조절하며 마나를 끌어 올렸다.

전투 시가 아니니 급하게 마나를 끌어 올릴 필요가 없다.

마나홀에서부터 마나를 쌓아 온몸에 충만하게 마나를 채워 나간다.

그 과정의 묘리는 휴슬레가 개발한 앵거류 마법술식이다.

카일의 마나홀에서 높은 밀도로 응축된 마나가 인력을 발생시키며 자연상의 마나를 빨아 들였다.

그 흡수와 축적이 더해져 밀도가 높아지면 인력 또한 함께 상승하여 더욱 강한 힘으로 마나를 끌어왔다.

카일을 중심으로 대기가 요동치더니 이내 소용돌이가 생겨 용오름으로 솟구쳤다.

'이 정도면 충분하다.'

이제 기술을 시전할 안전한 바탕이 준비된 셈이다.

카일은 군다의 마나 운용식으로 마나 흐름의 안정성을 높이고 로운의 운용식으로 마나를 폭발시켰다.

카일의 신체가 쏘아진 화살처럼 수직으로 솟구쳐 올랐다.

카일은 휘감기는 용오름을 두른 채, 바르테온식 마나 운용까지 엮어 노드 시스템을 활성화시켰다.

"시야의 모든 영역에 대한 신체 반응을 탐색한다."

–해당 범위가 기존 설정되어 있는 수용 한계치를 크게 상회합니다. 한계 보정을 사전 수행해야 합니다.

노드의 대답은 경고 알림이었다. 카일이 내린 명령이 육체의 한계를 넘어서기에 주인을 보호하기 위한 경고인 셈이다.

"수행을 허락한다. 나는 준비가 되어 있다."

노드 시스템은 카일의 한계를 시험하기 위해 마나 운용의 출력을 극한까지 올렸다.

마나홀이 쪼그라들고 온몸의 혈관이 말라비틀어지는 것 같은 느낌이다.

현재 마나홀 자체의 출력만으론 이 엄청난 부하를 견딜 수 없다.

카일도 그것은 이미 잘 알고 있었다.

그럼에도 이렇게 행동하는 하는 것은 일전에 오브 광산을 탐색하며 느낀 확신 때문이었다.

지금까지 익힌 각기 다른 마나 운용술들을 융합하면 이전까지의 7서클을 넘어서는 마나 운영을 해낼 수 있다는 확신 말이다.

그리고 지금 이 모습, 자연의 모든 마나가 휘감겨 솟아오르는 용오름을 타고 하늘 위에 올라서 있는 자태가 그 확신의 증명이다.

-한계 보정을 완료합니다. 확인된 결과에 따라 수용 한계 영역을 확장합니다.

-모든 시스템 분석의 등급을 확장합니다.

-인지 영역의 한계를 확장합니다.

"모든 분석 능력을 하나로 융합하는 게 가능한가? 아니, 융합해라. 탐색 가능한 모든 정보를 탐색하는 단일 초인지 능력을 구성한다."

-명령을 이행합니다.

마나홀이 다시 움푹 쪼그라들었다. 그 압력으로 카일의 허리통이 푹 꺼졌다.

내장이 전부 밀려 올라가는 기분이다.

카일은 침착하게 숨을 들이마셔 아랫배로 밀어 넣었다.

움푹 파였던 허리통이 본래 모습을 찾았다.

쪼그라든 마나홀은 더욱 강력한 인력으로 주변의 마나를 끌어당겼다.

용오름이 하늘에 닿았다.

그 소용돌이의 첨단이 하늘마저 비틀어 빨아들였다.

구름이 휘감겨 용오름이 딸려 들어왔다.

투둑-. 투드드득-.

한 점으로 뭉쳐 든 구름이 떨어트린 물방울이 어느새 거친 소나기가 되어 쏟아져 내렸다.

그 소나기마저 용오름에 휘감겨 버리니 평온한 대지에 거대한 물회오리가 휘감아 도는 형상이었다.

카일은 그 폭풍의 중심에서 더없이 평온한 상태로 서 있었다.

텅 빈 하늘을 밟고 있어도 불안함이 없었다.

대마법사의 상징이 플라이 마법인 것은 편히 하늘을 나는 경지가 모든 마법의 정점에 있을 만큼 어렵기 때문이다.

강함과 약함, 곧음과 유려함, 거칠게 쏟아 냈다가 순식간에 부드럽게 회수해야 하는 모든 상반된 마나 흐름을 숨 쉬듯이 운용할 수 있어야 비로소 하늘을 난다고 표현할 만한 부유가 가능하다.

그리고 카일은 지금 이 순간 자신이 그와 같은 경지에 닿았음을 분명히 인식했다.

대마법사의 경지.

모든 마나의 흐름과 운용에 통달한 경지다.

카일은 손을 뻗어 주먹을 움켜쥐었다.

그 순간 카일을 휘감고 있는 물회오리가 비 맞은 연기처럼 흩어져 버렸다.

―초인지 분석을 구성하였습니다. 운용하시겠습니까?

마다할 이유가 없다.

"승인한다."

카일에게 새로운 시야가 열렸다.

카일의 시야가 초인지 모드로 변경되었다.

빛, 열, 파동, 에너지, 가스 등으로 분류되어 있던 시야가 하나로 합쳐져 표현되었다.

모든 것이 겹쳐진 시야는 모든 것이 일렁거리는 듯 혼란스러웠지만 의식을 집중하는 순간엔 그 무엇보다도 또렷해졌다.

저 먼 풍경의 산중에 있는 동물에 의식을 집중하자 일렁거리는 물체의 실루엣은 전부 날아가고 폐로 숨을 쉬고 심장으로 피를 돌리는 동물만 남았다.

그리고 거기서 사람의 형태를 찾는다. 주변 동물들이 날아가고 사람만 시야에 남는다.

하나둘 무리지어 움직이는 이들은 신경 쓸 바가 없다.

해 봐야 약초꾼이나 사냥꾼이다.

네댓이 모여 있는 곳도 지운다.

지금 찾는 곳은 최소 50명 단위 이상의 밀집 지역이다.

"여긴 없군."

첫 번째 지역에 대한 탐색을 끝낸 카일은 고개를 돌렸다.

거리는 충분하고 고도는 높다.

고개를 돌리는 것만으로 지도상 하루 거리의 영역을 시야에 담을 수 있다.

카일은 같은 방식으로 탐색을 반복했다.

그러다 개미굴의 개미들처럼 알알이 박힌 사람의 형상들을 찾아냈다.

그 수가 100명을 넘지는 않았지만 분명 유의미한 숫자였다.

카일은 그 지역 일대에서 지워 버렸던 지형을 적층 레이어 구조로 불러왔다.

시야에 겹쳐진 구조물이 층이 나누어 표시되었다.

숄에서 저 지점까지 들어가려거든 몇 개의 고개를 굽이굽이 타넘어 들어가야 한다.

저 곳에서는 들어오는 자를 훤히 내다보아도 들어가는 자는 그 안을 들여다볼 수 없는 위치다.

그리고 근처에 높은 봉우리가 있다.

그 위까지 올라가는 길이 닦여 있고 그 봉우리에서 벤자르까지 시야를 가로막는 것이 없다.

시계가 좋은 날은 맨눈으로 보아도 벤자르가 보일 것이다.

특히 벤자르에서 불이 났거나 지형이 바뀔 정도의 변화는 언제든 쉽게 파악할 수 있는 위치였다.

찾았다. 바로 저곳이 별낙원이다.

하지만 카일은 나머지 다른 곳들에 대한 탐색도 계속했다.

별낙원이 한 곳이 아닐지 몰랐고 별낙원이 아니더라도 그에 준하는 또 다른 시설이 있을지도 모르는 일이다.

그리고 이 탐색을 통해 초인지능력에 익숙해지기 위함이기도 했다.

"초인지 모드를 해제한다."

─초인지 모드를 해제합니다. 긴급 수복 모드를 권유드립니다.

카일은 노드의 권유를 받지 않고 시스템 비활성화를 명령했다.

노드 시스템이 다시 의식 안으로 가라앉았다.

노드의 판단대로 마나홀의 상태가 말이 아니다. 하지만 긴급 상황이 아닌 지금, 모든 것을 시스템에 의지하고 싶은 마음은 없다.

처음부터 그랬으니 새삼스러울 것도 없다.

카일은 자신만의 마나 운용술인 카일식 마나술로 마나홀을 회복시켰다.

카일이 길게 호흡을 하자 그 주변으로 작은 소용돌이가 휘몰아쳤다 사라지길 반복했다.

주변의 마나가 급격히 응집되어 나타난 반응이다.

"후우─ 흡!"

마지막 호흡으로 흡수한 마나를 마나홀에 단단히 잠가 넣는 것으로 회복을 끝냈다.

카일은 통신 오브로 모즈에게 출병 명령을 내리곤 시론이 있는 자리로 이동했다.

"영주님, 실로 엄청난 모습을 보았습니다."

시론은 하늘의 신을 영접한 경건한 태도로 카일을 맞이했다.

"저녁이나 먹자."

카일은 배가 고프다는 말로 그 과한 칭송에 대한 답을 해 줬다.

"예, 영주님."

시론은 바글바글 끓고 있는 스튜를 덜어 내었다.

간소하게 챙겨 온 것이라 조촐하다. 카일은 이런 것으로 격을 논하지 않는다.

"집 오브는 쓰기 어떻든?"

"처음에는 뭐가 뭔지 몰라 조금 어려웠지만 몇번 해 보니 금방 요령을 터득할 수 있었습니다."

카일은 시론이 만든 쉘터를 보며 물었다.

오늘 비슈가 만든 시제품 집 오브로 만든 것이다.

주재료는 나무와 돌이었고 그 형태는 네모반듯한 정육면체를 기본으로 했다.

천장 부위가 어설펐는데, 그것은 오브의 성능이 조악했다기보단 주변에 활용할 재료가 빈약했던 탓이다.

"마나 소진은?"

"처음에는 현기증이 조금 났는데 버티지 못할 수준은 아니었습니다."

시론의 마나홀은 1서클에서 2서클로 넘어가는 선상에 있다.

후하게 쳐줘서 2서클 초입 정도로 봐줘도 될 것이다.

2서클 수준으로 활용할 수 있는 집 오브라고 한다면 효율이 아주 좋다.

그리고 이것은 어디까지나 시제품이다.

부족한 것은 개선하면 그만이다.

"그런데, 조금 큰 것 같은 느낌은 있습니다."

쉘터용 오브가 아니라 집 오브다. 4인 가족이 생활할 기준으로 크기를 잡은 것이라 야전에서 두 명이 쓸 쉘터로는 너무 과한 크기다.

"기준을 집으로 잡은 것이라 그렇다. 쉘터용으로 만들면 이보다 크기도 작고 만드는 데 들어가는 마나도 훨씬 적을 것이다."

"그렇다고 하면 정말 좋습니다. 텐트보다 백배는 좋은 물건입니다. 마나를 다루지 못하면 쓸 수 없다는 것이 아쉬울 뿐입니다."

"그것 또한 차차 나아지겠지. 얼른 정리하고 자자. 내일은 오늘보다 일정이 고될 것이다."

"예, 영주님."

카일은 내일을 준비했다.

✦

이른 새벽, 겨울 안개를 뚫고 수백 기의 기마가 도열했다.

"신 모즈, 대령했나이다."

"포위 지점을 미리 점거하고 있어야 할 것이오. 후방은 지금부터 빠르게 움직여야 시간이 맞을 것이니 제일 빠른 이들로 먼저 보내시오."

카일은 미리 준비한 포위 지점을 하달하여 병력을 배치했다.

수백 기의 기마가 점조직으로 찢어져 흩어졌다. 그들은 카일의 지시대로 별낙원을 감싸는 그물이 되어 자리를 잡을 것이다.

"이번 전쟁의 근원을 뽑아내는 작전이다. 모두 만전을 기하도록."

"명 받습니다."

기사들은 낮은 목소리로 대답한 후 카일을 따랐다.

카일은 별낙원이 있는 산으로 들어가는 입구에서 멈춰섰다.

모즈와 기사단은 멈춤 없이 산을 타올랐다.

카일은 초인지 모드로 의식을 확장하곤 산중에서 벌어지

는 모든 사람들의 행동을 파악했다.

　-모든 기사단은 들으라. 적들이 우리의 움직임을 파악했다. 진입조는 속도를 올리고 후방 포위조는 길목을 완벽히 차단해라.

　-명 받습니다.

　-명 받습니다!

　통신 오브가 시끄럽게 우웅거렸다.

　-7조. 목표 중 일부, 열 명 내외의 인원이 7조 위치로 움직일 기미가 보인다. 대응 준비해라.

　-네. 대응하겠습니다.

　-세 명의 고위 능력자가 5조의 방향으로 이동한다. 5조는 현 위치에서 북동쪽으로 이동하면 나오는 흙 절벽에서 대기하라. 비밀 통로가 있다.

　-즉시 이동하겠습니다.

　카일은 홀로 사령실의 역할을 완벽히 수행했다.

　얼마 후, 발치를 울리는 진동이 잔잔히 전해졌다. 하지만 길게 이어질 싸움은 아니었다.

　-영주님. 적 거점 완전 점거하였습니다.

　모즈의 통신이 왔다.

　-거점 상황은 종료되었으나 비밀 통로로 빠져나간 병력은 아직 남아 있다. 하달받은 조원은 끝까지 경계하고 다른 포위조는 지원하도록.

　카일은 후방 지휘 명령을 다시 한번 내린 후 초콜릿 한번 입에 대지 않고 있던 비슈를 보았다.

"비슈, 지금이라도 불편하면 말해라. 이렇게 실체를 확인한 이상 굳이 너에게 확인을 받을 필요는 없어졌어."

"아니요. 올라갈래요. 저도 머릿속에 있는 괴로운 기억들이 진짜인지 가짜인지 정확하게 확인하고 싶은걸요. 가짜라면 신경 쓰지 않을 거고, 진짜라면 이겨 낼 거예요."

"그래, 좋다. 올라가자."

"제가 먼저 길을 잡겠습니다."

시론이 산중이라면 이골이 났다는 듯이 앞섰다.

이제 시론이 산을 타는 몸놀림은 어지간한 군마가 따를 수 없을 정도다.

몇 개의 굽이를 지나고 나니 탄내와 함께 길게 솟아오르는 검은 연기가 시야에 들어왔다.

"시론, 속도를 올리자."

"예!"

카일은 빠르게 별낙원의 초입까지 올랐다.

모즈가 마중을 나와 있었다. 그의 갑옷 곳곳에 피가 튀어 있다.

"최대한 많은 인원을 생포하려 하였으나 일이 쉽지 않았습니다. 송구합니다."

"저항이 거칠었소?"

"대부분이 생포당하는 순간에 자살을 시도하였습니다. 같은 편이 생포당하는 아군을 공격하기도 하였고요. 대응하고

자 하였지만, 처음 겪는 상황이라 미흡했습니다. 미욱함을
반성합니다."

"작정하고 죽으려 드는 걸 막기는 어렵지. 몇이라도 살렸
으면 되었소. 그리고 그만한 반응이면 맞게 찾은 것이니
좋다 할 일이오. 들어갑시다."

"예, 영주님. 모시겠습니다."

카일은 모즈의 안내로 별낙원 내부로 진입했다.

별낙원으로 들어가는 정문은 요새의 비밀 문처럼 맞물려
기울어진 거대한 바위 틈이었다.

"으으으……."

그 앞에서 비슈가 잘게 신음했다.

"비슈, 기억과 맞아?"

"네. 맞아요. 여기예요."

카일은 잠시 기다렸다. 비슈는 깊은 심호흡을 하며 의지를
다잡았다.

"히유우우. 죄송해요. 이제 들어갈게요."

카일은 비슈와 함께 별낙원 안으로 들어갔다.

좁은 굴 같은 통로를 지나오자 넓은 공터와 함께 복층의
긴 형태의 건물이 눈에 들어왔다.

시설만 보면 200명 정도 수용 가능한 크기였다.

처음 조사를 한 수와 맞는 규모다.

"으으으극! 으으으윽!"

공터 한쪽에 포박되어 있던 무리 중 하나가 비슈를 보더니 쇠사슬로 묶여 있는 팔다리를 버둥거리며 악다구니를 썼다.

"아, 앙겔……."

"아는 자야?"

"네……. 앙겔이라고……. 알아요."

"대령해라."

명을 받은 기사들이 앙겔을 끌어내 재갈을 풀었다.

하지만 혀를 깨무는 걸 대응할 수 있도록 신경을 바짝 세우며 그 옆에 대기했다.

"비슈! 너냐! 니가 우리를 팔았냐! 이 얼치기 등신 같은 년아!"

"아, 아니. 미, 미안해……."

"너는 죽어서도 별낙원에 들 수 없을 거다! 바르테온의 개가 된 너는 그 어떤 구원도 받을 수 없을 거다-!"

콱!

퍼억!

혀를 깨물려고 하는 찰나, 기사가 앙겔의 턱에 주먹을 틀어박고는 바로 다시 재갈을 물렸다.

"다른 아이들에 비해서 나이가 많은 듯한데. 직책이 다른가?"

카일은 포박되어 있는 이들을 보며 물었다.

지금 포로로 잡은 인원은 총 13명.

그중에 9명이 청소년이었고 2명의 중년인과 2명의 청년이었다.

앙겔은 그 두 명의 청년 중 하나였다.

"선생이란 직위로 파악한 상태입니다."

"비슈, 이자가 처음부터 선생이었어?"

"아니에요. 제가 이곳에 있을 때는 함께 수업을 들었어요."

그렇다면 교육생을 키워 선생으로 올렸다는 뜻이다. 이 시설 자체적으로 자신들의 교육 시스템을 신뢰하지 않는다면 선택하지 않을 인재 운용이다.

"으으읍. 으으브! 으으븝!"

"풀어 줘라."

"하오나, 바로 혀를 깨물 것 같습니다."

"상관없다. 아직 대답할 이는 몇 더 남았으니."

"예. 알겠습니다."

앙겔의 재갈이 다시 풀렸다. 앙겔은 아무 말도 하지 않고 비슈를 노려봤다.

그 눈의 실핏줄이 터져 온통 붉은 빛이다.

"비슈, 잘 들어라! 바르테온을 살려 두는 한 벤자르의 번영은 없다! 우리가 핍박받고 고통받았던 모든 이유가! 우리가 투쟁해야 하는 모든 근원이 바르테온의 저열한 욕망 때문이다! 도망친 곳에 낙원은 없다! 저주받은 개새끼로 살 것인가, 명예롭게 별낙원에 들 것인가! 너의 삶의 가치는 무엇으로 존중할 것이며 너의 영혼은 어떻게 구원할 것인가!"

앙겔은 핏대를 세우며 웅변하곤 그대로 피를 토하며 쓰러졌다.

"죽었습니다."

기사가 그 숨을 확인하더니 답했다.

안 그래도 그것을 보고 있는 기사들의 얼굴이 질린다는 표정이었다.

그 모습은 바르테온 기사도에서 말하는 용감한 것과 느낌이 전혀 달랐다.

본성에서 거부하는 어떠한 메스꺼움이 있었다.

"치워라."

카일은 무심히 말했다.

볼썽사나운 꼴을 가만 보고 있을 것도 없는 일이었다.

카일은 비슈를 보았다.

비슈는 두 눈을 꼭 감은 채 몸을 파들파들 떨고 있었다.

"비슈, 밖에서 대기해."

"……네?"

정신을 못 차리는 얼굴이다. 카일은 비슈의 가방에서 초콜릿을 꺼내 그 입에 물려 줬다.

"확인했으니 됐잖아. 초콜릿 먹고 기운 좀 들면 다시 들어와."

"네……."

비슈는 초콜릿을 우물거리며 뒤돌았다. 시론이 눈치 빠르게 비슈 곁에 붙어 그녀를 도왔다.

"영주님, 보셨다시피 이들의 정신 상태가 일반적인 충성의 범주를 넘어 있습니다. 반미치광이와 같은 상태라 심문이 통할지 모르겠습니다."

앙겔에게도 세뇌 오브는 없었다.

어떠한 외부적 조작 없이 본인의 의지로 저와 같은 행동을 보인 것이라면 이것은 그야말로 광신이다.

"심문은 건너뛰겠소. 그 외의 것들로 파악할 정보들이 충분할 것이오."

"시설에 있는 것들은 작은 것 하나 소홀이 여기지 말고 전부 수거하도록 명령했습니다."

공터 한쪽으로 기사들이 이가 나간 밥그릇까지 차곡차곡 쌓아 두는 중이었다.

저런 것들 중에 비밀 표식이나 장치가 되어 있는 것들이 있을 수도 있으니 세심히 살피는 게 옳다.

"잘했소. 물품은 전부 내놓으라 하시오."

카일은 직접 건물 안으로 들어갔다.

초인지로 탐색한 비밀통로와 비밀방을 직접 육안으로 확인했다.

비밀 통로로 사람이 지나간 흔적이 있다. 후방 포위 병력에게 대비하라 이른 인원들이 빠져나간 흔적이다.

카일은 진입조 병력을 추가로 투입하여 빠져나간 병력의 뒤를 잡도록 했다.

이미 이 통로 끝에 포위 병력이 진을 치고 있으니 놓치는 이 없이 잡아낼 것이다.

그 외에 비밀 방에서 발견한 물품은 전부 따로 분류해서 내 놓았다.

카일은 혹여나 벽에 남은 흔적까지도 다시금 살폈지만 더 특별한 무언가가 나오진 않았다.

카일은 모든 것을 완벽히 확인하곤 건물 밖으로 나왔다.

물건들을 전부 정리하려거든 시간이 더 필요하다.

그 사이 카일은 비밀 방에서 수거한 책들을 살폈다.

일견 보기에도 정성 들여 만든 하드 케이스의 두꺼운 서책이 먼저 눈에 띈다.

[낙원인도서]

그 치장이며 제목은 성서를 흉내 내고 있었지만 그 내용은 성스러움과는 전혀 다른 것이었다.

"세뇌작업서군."

카일은 책들의 내용을 빠르게 스캔했다.

그것에 더해 별낙원에 관련하여 경험한 모든 것을 데이터

화하여 추가했다.

무중력 공간에 떠 있는 듯한 의식 주변으로 활자화된 데이터들이 가득 들어찬다.

민들레 홀씨 뿜어지듯 펼쳐진 데이터들은 어느 순간 확장을 멈추고 융합이 되기 시작했다.

중복된 의미와 해석을 가진 데이터들이 하나로 합쳐졌다. 중복된 빈도만큼 적층시켜 더 높은 중요도를 부과한다.

정리가 끝난 시스템에는 크고 진한 활자와 옅고 얇은 활자들이 서로 간의 상관관계에 따라 벤다이어그램의 구조로 정리되었다.

악적 바르테온.

낙원으로 가는 길.

성전을 위해서.

하나된 결의.

저주의 굴래와 승천.

배반자에 대한 처형.

비밀과 결사.

꺼지지 않는 저항의 불씨.

민중의 욕망이 닿는 곳.

귀를 채는 말.

만들어진 키워드들 하나하나가 범상치 않다.

비밀 결사의 암살 조직이나 다름이 없었다.

그리고 서책에서 말하는 저항의 방법은 요인 암살과 같은 테러에만 국한되어 있지 않았다.

민중으로부터 지지받지 못하는 저항은 절대 성공할 수 없다.

우리는 이 한 몸 불살라 그 저항의 불씨가 되어 민중을 이끌고 우리의 신념을 영원히 계승시켜야 한다.

한 챕터마다 들어가 있는 문장이었다.

낙원단에서 직접적인 암살보다 민중 선동에 대한 부분을 더 큰 가치로 여기고 있는 게 여실히 느껴졌다.

낙원단은 뱀의 머리다. 몸통이 전부 잘려 나갔지만 아직도 독니를 드러내고 물 기회를 노리고 있는 것이 명확하다.

'특별한 절명독 같은 게 없어도 암습은 어떤 방식으로든 가능하지. 민중 선동을 통한 자살 테러를 가해 온다면 골치 깨나 아프겠어.'

아무리 기사단의 실력이 뛰어나다고 한들, 잠을 자고 있을 때는 일반인에게도 죽을 수 있는 거다.

더욱이 테러는 성공 여부를 떠나 그 행위 자체가 저항의 메시지를 가진다.

그 행위의 실질적인 결과가 미미하다 하여도 미치는 파장까지 약한 것은 절대 아니다.

지배한 이들에겐 불안감을 주고, 지배받고 있는 이들에겐 아직 우리가 저항하고 있다는 자긍심을 심게 된다.

그것이 이 세뇌서가 말하는 저항의 불씨로 신념을 계승시키는 작업이다.

각별히 신경 써야 하는 부분이다.

'정복하는 것보다 유지하는 게 어렵다지. 무리하게 영토를 넓히다가 지키질 못해서 망하는 승자가 역사에 한둘인가.'

아슬란과 로펨도 지금은 항복을 하였지만, 그들이라고 속이 달달할 리가 없다.

기회가 있다면 당연히 설욕하고 싶어 할 게 분명하다.

"그렇다고 대가리만 남은 뱀 새끼가 무서워 발을 빼는 것도 웃긴 일이지."

상대의 패를 훤히 들여다보고 있는데 대비하지 못할 리가 없다고 생각한다.

요는 얼마나 적은 피해로 얼마나 깔끔하게 끝내는가지 승패를 논할 일이 아니다.

그리고 다른 하나는 전리품이다.

"영주님, 이것들은 직접 확인해 보셔야 할 듯합니다."

모즈가 가지고 온 것들 모두가 세뇌 오브였다.

그 개수가 100개 정도 된다. 이것만 해도 큰 수확인데 그 외에도 훈련용 골렘 오브와 전투용으로 분류해도 손색이 없을 골렘 오브들을 수십 개씩 노획했다.

그리고 그보다 더 값진 것은 지난 십여 년간의 기록이 쌓인 교습서였다.

벤자르의 친위대를 보면서 어떻게 그렇게 많은 마나 유저를 일률적으로 육성했는지 궁금했더랬다.

지금 손에 든 이 교습서는 그 결실에 대한 근원이자 과정에 대한 기록들이었다.

카일은 낮은 단계 교습서부터 우선 훑어보았다.

별낙원의 마나 훈련은 훈련생을 가문이나 소속으로 나누지 않고 개인이 가진 특성과 기질로 나누어 분류를 했다.

마나가 귀족들의 전유물인 것을 생각하면 이것은 파격에 가까운 개념이다.

'귀족이 특별한 피이기에 마나를 배우고 익힐 수 있는 것이고, 간혹 평민 중에서 마나를 익히기도 하지만 그것은 평민도 마나를 익힐 수 있는 게 아니라 마나를 익힌 그 평민이 사실은 귀족이 될 만한 특별한 피였다.'라고 하는 것이 일반적인 마나술에 대한 인식이다.

그런데 이 교습서에는 신분에 상관없이 사람의 기질이란 기준으로 분류를 나누었고, 그 분류에 따른 몇 가지 정형화된 기초 마나 훈련을 교습했다.

이러면 귀족이 태생적인 특별함으로 마나에 선택을 받

았다는 인식을 완전히 뒤집는 것이다.

평민들이 열광하여 너도나도 벤자르의 훈련원으로 자원 입소할 만한 이유였다.

그리고 이것은 카일이 앞으로 생각하고 있는 계획과 같은 맥을 가지고 있었다.

바로 민간에 대한 마나술의 보급이었다.

신분제를 뒤흔드는 반대급부만 아니라면 영지의 발전을 위해서 반드시 시행해야 하는 중요 정책이다.

안 그래도 이번에 자신만의 마나술을 정립한 것을 계기로 민간 배포용 마나양생술도 개발을 하려 했는데, 마침 아주 좋은 자료가 손에 들어왔다.

이렇게 별낙원을 추적할수록 군침 도는 전리품이 뚝뚝 떨어져 나오니 그만하자고 빌어도 그만할 마음이 들지 않는다.

어차피 명분도 전부 자신에게 있는 일이고 말이다.

"영주님, 지금 후방에서 진지를 빠져나간 적들과 교전을 끝냈다는 보고가 왔습니다."

"사상자는?"

"없습니다. 다만 포로도 생포하지 못했다고 합니다. 송구합니다."

"되었소. 볼 건 다 봤으니 복귀합시다. 이 재수 없는 곳에 더 발붙이고 있고 싶지 않은 기분이오."

"알겠습니다. 노획한 물자는 이송토록 하겠습니다만, 저

포로들은 어찌하는 게 좋겠습니까?"

어찌하면 좋겠냐는 그 물음에는 심문도 불가능한 저 골치 아픈 것들을 처리할 수 있게 명을 내려 달란 의미가 녹아 있었다.

카일은 다시금 포박된 포로들을 보았다.

두려움이 없다. 분노와 원통함만이 가득하다.

그리고 다들 신념에 가득 찬 표정들이다.

저들 중에 세뇌 오브가 박혀 있는 이는 한 명도 없었다.

"전부 풀어 주시오."

"아예 풀어 주란 말씀이십니까?"

"어찌하나 볼 것이오."

"당연히 도망가지 않을는지요……."

카일은 대답 대신 빙긋이 웃었다. 모즈는 그 미소가 안심이 되어 걱정이 싹 가시는 느낌이었다.

"여봐라. 포로들을 전부 풀어 줘라."

그 명령에 포로들의 포박이 전부 풀렸다.

"너희들은 자유다."

그들은 마주한 카일을 노려보다 서로 자신들의 얼굴을 쳐다봤다.

"영주님께서 큰 아량을 베푸시어 너희들을 풀어 주었다. 갈 곳으로 가라!"

모즈가 다시 한번 외쳤다. 하지만 그들은 움직이지 않

았다.

그렇다고 악다구니를 쓰며 덤벼드는 것도 아니었다.

"무기가 없어서 그러하나?"

카일은 칼을 하나 뽑아 그들에게 던져 줬다.

그중 중년인 하나가 바닥에 떨어진 검을 쥐었다. 선생의 위치인 자다.

카일 양옆으로 도열한 기사들이 대응 자세를 취한다.

하지만 그는 덤벼들지 않았다. 오히려 그 검이 내리그어진 방향은 자신의 동료들을 향해서였다.

그는 악귀 같은 얼굴로 동료들을 향해 검을 그었다.

"뭐 하는 거냐! 영주님께서 너희를 풀어 주셨다!"

"닥쳐라! 악적 바르테온의 말을 믿을 것 같으냐! 우리는 주어진 사명을 완수하고 별낙원으로 간다!"

카일은 놈의 검이 어린아이에게 향하는 순간 다시 놈을 제압하였다.

"포박해라."

사지를 다 묶어 포박하고 혀도 깨물지 못하게 재갈을 물렸다.

눈만 띄워 둔 상태다.

"모즈 경, 이자가 내가 아니라 자신의 동료에게 칼을 휘둘렀는지 이해가 되시오?"

"저는 이 미친 자들의 생각을 헤아릴 이해가 없습니다."

"모든 의식이 극단적으로 치우쳐져 있기 때문이오. 신념이란 게 그래서 무서운 것이지만, 그래서 우스운 것이기도 하지."

카일의 손짓에 기사들이 그의 머리를 치켜세워 카일을 쳐다보게 하였다.

"시설의 규모와 집기를 따지면 인원이 많이 빈다. 이곳에서 벤자르의 상황을 뻔히 보고 있었을 테니 미리 빠져나간 인원들이 있을 것이다. 오늘 비밀 통로로 빠져나간 인원들과 별개로 말이다."

제압당한 중년인의 눈동자가 흔들린다. 입으론 대답을 안 해도 신체 반응까지 숨기진 못한다.

"어차피 죽을 생각이었으니 포로로 잡힌 것 따위는 아무렇지 않았을 것이다. 그런데 갑자기 풀어 준다 하니 의심부터 들었겠지. 풀어 준 후에 몰래 미행을 하여 동료들과의 접선을 노리려는 목적이구나 하고 말이야. 그렇게 생각했나?"

놈은 눈을 질끈 감았다. 기사들이 달라붙어 억지로 눈을 뜨게 했다. 시선을 마주치지 못한다.

"감시가 붙을 것을 생각하면 먼저 나간 동료들에게 접선할 수 없다. 그리고 다른 독립적인 작전을 할 수도 없을 거다. 연락 없이 독단적인 행동을 했다가 자칫하면 일이 꼬여 버릴 수 있을 테니 말이야. 여기까지 생각을 하니 갈 곳이 없다는 결론이었나?"

놈은 눈을 마주치지 않으려 애썼다. 하지만 이미 표정에서도 충분히 드러난다.

"그렇다고 덤비자니 의미가 없고. 그대로 도망가서 새 삶을 살자니 그것은 성전에서 도망치는 게 되는 것이고. 그래서 이런 아이들까지 죽이려 한 것이냐!"

카일의 호통에 놈은 어금니가 내려앉을 정도로 이를 물었다.

교화되지 않을 놈이고 교화시키고 싶은 생각도 없다.

카일은 죽고자 소원하는 놈의 바람을 들어줬다.

이런 놈에게서도 붉은 피가 흐른다는 게 이질적으로 느껴질 지경이었다.

"이런 놈들을 남겨 두는 것은 적을 남겨 두는 것을 떠나 기사로서 온당하지 못한 일이라 생각하오. 기사장의 생각은 어떻소?"

"응당 옳은 말씀입니다. 이자들이야말로 벤자르를 잡아먹을 괴물들입니다."

모즈는 적의가 아닌 정의감 깃든 기사의 눈으로 대답했다.

별낙원의 작태를 직접 확인하니 어렴풋한 생각들이 명확하게 정리되었다.

이들이 있는 한 벤자르의 자생과 갱생을 기대할 수 없다.

직접 손에 쥐고 가다듬어야 한다.

카일은 이 자리에서 벤자르에 대한 통치 노선을 확정지

었다.

그것은 완벽한 흡수 병합이었다.

"이것으로 명확해졌다. 정리해라. 복귀하겠다."

4장

카일은 늦은 밤 벤자르로 입성했다.

"밤이 늦었소. 오늘 건에 대해선 내일 논의토록 하겠소."

"예, 영주님. 저희들도 사전에 의견을 논하여 정리토록 하겠습니다."

"다들 처음 경험하는 경우라 적잖이 혼란스러울 테지만 크게 염려치들 마시오. 변하는 건 없소. 기사는 영지의 적을 물리치면 되는 것일 뿐이오."

"예. 중심 잃지 않겠습니다."

"휘하 기사들도 잘 독려하시오."

"하온데 아이들은 어찌하면 좋겠습니까?"

"아이들은 감시하되 구금하거나 무력을 사용하진 마시오.

충분히 먹고 쉬게 해 주시오."

"명대로 이행하겠습니다. 그러면 이만 물러가겠습니다."

모즈가 고개 숙이고 물러갔다.

"비슈, 너도 수고했다. 이리저리 신경 쓰이는 일이 많을 텐데 오늘은 아무것도 하지 말고 푹 쉬어라."

카일은 비슈까지 들여보내곤 집무실로 들어갔다.

자정을 넘긴 시각이지만 쉬고 싶은 생각은 들지 않는다.

통치 노선에 대한 것은 이동하는 중에 이미 정리를 끝냈다.

사실 그에 대한 선택지는 별낙원에 가기 전부터 생각해 둔 것들이 몇 가지 있었다.

별낙원에서 낙원단의 실상을 확인한 후 그 선택지 중 하나를 선택한 것이라 새로 크게 궁리할 건 없다.

세세한 것만 정무관들과 논의 후에 조정하면 된다.

그보다 지금 카일의 관심을 잡고 있는 것은 노획한 서책들이다.

그중에서도 아직 다 확인하지 못한 마나 훈련 교범서의 상급 단계 부분이다.

하급 단계에서 사람의 특성에 따른 몇 개의 마나 양생술로 마나를 깨우는 훈련을 한 다음에는 서클오버를 위한 훈련으로 넘어가게 되는데, 이 상급 권에 그것에 대한 설명이 적혀 있다.

그것 또한 일반적인 귀족 가문의 마나 수련법과는 큰 차이가 있었다.

솔직히 혹할 만한 내용들이었다.

현재 바르테온이든 로살롯이든, 그 어떤 영지를 보아도 마나 훈련은 귀족 가문의 비전처럼 전해진다.

일견 보기에 대맥은 같을지 모르나, 가까이 파고들면 세세하게 다른 부분이 무수히 많다.

아주 어렸을 때부터 평생에 걸쳐 수련하며 경지를 높여 가야 하는 마나 훈련의 개념에서 그러한 세세한 차이는 후일 되돌릴 수 없는 차이를 만든다.

그리고 그렇게 개발된 가문들의 마나 훈련법은 당연히 해당 가문 일원들의 기질적 특성을 고려한 것이다.

이런 상황이라, 훈련자가 자신과 기질적·차이가 큰 가문의 마나 수련법을 익힐 경우 통상적인 성취를 얻지 못할 가능성이 아주 높다.

그렇기에 가문마다 가지고 있는 가문 비전 수련법은 특정한 유전자 계층에 대한 맞춤식 마나 훈련법이라고 봐도 좋다.

특정 부류에 대한 가장 효율 좋은 훈련법인 것이다.

그와 반대로 별낙원의 마나 교범에선 범용성을 택했다.

그 범용성은 기존 귀족 가문의 맞춤식 마나 수련법보다 성취 효율이 떨어진다는 약점을 만들었지만, 별낙원에선 그 약점을 극단적인 운용으로 보완했다.

마나 운용의 흐름에 있어서 의도적으로 마나가 뇌를 거치는 빈도를 굉장히 높게 짜 놓은 것이다.

그 빈도는 상위 등급으로 올라갈수록 더욱 높아졌다.

마나로 뇌를 활성화시켜 수용 능력과 이해도를 끌어 올려 수련의 효능을 극대화시키는 방식이었다.

'인위적으로 극단적인 몰입 상태를 만들어 깨달음을 당겨오는 것인가? 분명 양날의 검이다. 이 정도로 뇌를 자극하면 그 부하가 고스란히 쌓일 텐데.'

확실히 이런 운용법이라면 시기를 놓친 마나홀을 깨우는 것도 가능할 것이고 한계에 부딪힌 벽을 깨부수는 것도 가능할지 모른다.

하지만 얻는 것이 큰 만큼 잃는 것도 큰 방법이다.

특히 두뇌에 지속적인 부하를 주기 때문에 자칫 잘못하면 뇌 기능에 문제가 발생할 가능성이 굉장히 높아진다.

'이 운용법으로 수년간 수련을 하다 보면 두뇌의 기능이 어느 한쪽으로 굳어질 가능성이 크다. 마나 수련을 겸해서 광신도로 만드는 수단이겠지.'

직접 본 광신도들의 모습과 이 수련법을 연결시켜 보니 자물쇠에 열쇠 맞물리듯 딱 맞아떨어진다.

'비슈의 경우도 그렇고.'

비슈도 집중을 하는 상태와 평소의 상태가 완전히 다르다.

이 수련법으로 마스터의 경지에 오른 대가가 그것이라면, 장단점의 저울추가 동률에 가깝다고 볼 수 있다.

'분명한 단점이 있지만 그냥 버리기엔 너무도 아까운 기술이다.'

낮은 단계는 낮은 단계대로 활용할 여지가 있고 상위 단계는 상위 단계대로 활용할 여지가 크다.

두뇌로 마나를 밀어 넣는 것은 일반적인 가문들에선 금기시하는 위험한 운용법이지만, 사실 카일이 매일같이 하는 게 그것이다.

노드 시스템을 활성화시킬 때마다 두뇌로 마나를 밀어 올리기 때문이다.

마나로 의식을 확장하고 두뇌의 잠재 능력을 한계치까지 끌어내는 운용이라면 숨 쉬듯이 자연스러운 경지다.

감히 완벽이라고 단언해도 된다.

다른 사람에게 적용하는 게 문제라지만 이 교범서 훈련법에 안정성을 중심으로 재구성한다면 퍽 쓸 만한 마나 훈련식을 기대해 볼 법했다.

그리고 서클오버에 막혀 있는 이들은 대부분 일정 단계 이상에서 오래도록 답습하고 있는 이들이니, 이런 새로운 자극만 해도 깨달음의 단초가 될 수 있는 일이다.

"이쯤이면 함께 싸운 기사들에게 주는 선물로 적당하겠지."

카일은 그렇게 또 하나의 이글루 박스를 정리했다.

❋

"영주님, 여기 간략하게나마 대안을 정리한 보고서입니다."

이른 아침, 모즈는 챠드와 함께 보고서를 들고 찾아왔다.

"독극물 등을 활용한 암살 시도뿐 아니라 민중 선동의 가능성이 아주 큽니다. 무엇보다 수상한 행동과 이방인에 대한 감시 체계가 확실히 구성되어야 한다고 생각했습니다."

보고서는 모즈가 올렸지만 내용에 대한 설명은 둘이 함께했다.

"기존의 인력만으로는 감시체계를 공고히 하기가 어렵습니다. 벤자르인 중에서 감시 역할을 할 인원들을 선발하여 주변인들을 감시하게 하는 구조를 만드는 것이 그나마 가장 효율적인 방식이라 생각되었습니다."

"다섯 개의 가정을 하나의 조로 묶어 관리하는 것입니다. 만약 그 조의 일원 중 하나가 사건을 일으키면 해당 조를 전부 벌하는 방식이라면 신고와 감시의 효과를 함께 볼 수 있을 거라 생각합니다. 그리고 불순분자를 신고하는 자에 대해서는 충분한 포상을 준다면 더 큰 효과를 낼 수 있을 것으로 기대합니다."

역사적으로도 존재했던 민중 통제의 방식이다.

그 효과 또한 모르지 않다. 분명 백성들을 통제하고 억압하는 쪽으로는 확실한 효과가 있을 것이다.

하지만 그것으로 과연 신념을 꺾게 할 수 있을까?

더 나아가 그러한 통치의 방식이 궁극적으로 더 나은 발전과 확장을 이룰 수 있게 하는 걸까?

그에 대한 답이 아니라는 것을 카일은 이미 알고 있다.

"통제와 억압은 더 큰 반발을 불러올 뿐이오. 그러한 감시로 저들의 저항하고자 하는 신념이 꺾일 것 같소? 오히려 그것이 저자들이 말한 저항의 불씨를 태우는 장작이 될 것이오."

지금 상황에서 강력한 통제는 방법론적으로 틀렸다.

그러한 통제는 막강한 정통성을 가진 절대 군주가 강력한 권력을 기반으로 펼쳐야 순종을 얻어 낼 수 있는 것이지, 침략자의 입장에 있는 승리자가 취할 방법이 아니다.

"대다수 백성들의 반감이 큰 상황에서 이렇게 서로를 감시하게 만드는 통제를 가하면 반란이 일어날 가능성이 다분하오. 아니, 반드시 그렇게 될 것이오. 낙원단에서 기다리는 것이 바로 그것이오."

카일은 모즈가 애써 만들었을 보고서를 밀어 냈다.

"그러니 더욱더 철저히 감시를 해야 하지 않습니까? 저들이 독약이라도 써서 암살을 해 온다면 차 한 잔도 마음 편히 마실 수 없을 것입니다."

"그러면 모즈 경은 어디까지 통제를 했으면 하오? 차를 탈 때 어떤 수저를 쓰는지까지 통제를 해야 한다 생각하오? 챠드 경, 어찌 생각하시오?"

카일은 복잡한 표정이 된 챠드에게 되물었다.

"영주님의 말씀이 옳습니다. 통제는 더 큰 반발을 불러올 것입니다. 더 큰 반발을 막기 위해선 더 큰 통제를 해야 합니다만…… 그리되면 얻는 게 없어질 것입니다."

"옳소. 저항과 통제만 가득한 땅에서 무엇을 얻을 수 있겠소? 그리고 얻을 것이 없는 땅은 통제할 이유가 없소. 이런 통제는 우리가 얻을 자원을 스스로 망치는 일이오."

"그러면 벤자르를 어찌 통치하려 하십니까? 이들을 직접 통치하지 않는다면 기어코 또다시 바르테온에 칼을 겨눌 것이 분명합니다. 끝까지 추적하여 그 괴물 놈들을 뿌리 뽑아야 하지 않겠습니까?"

모즈는 횡설수설하며 말했다.

자신의 생각에 매몰되어 카일의 반론을 받아들이지 못하는 반응이다.

모즈는 지금까지 항상 이러했다.

어떠한 사건에 대한 이해가 늦은 편이고 생각을 유연하게 하지 못한다.

분명 단점이다.

하지만 그 유연하지 못한 사고방식이 장점이 되는 상황도 있다.

어떠한 규율을 세울 때다.

규율은 상황에 따른 유연함 없이 공정하게 지켜져야 하기에 규율이다.

그럴 때는 원리원칙을 고수하는 뻣뻣한 사고방식이 오히려 강점이 된다.

그리고 그렇기에 모즈의 루일러 일가가 집행이란 위명이 있는 것이다.

그에게 어울리는 위명이라 생각한다.

"여, 영주님? 제가 또 영 쓸데없는 소리를 하고 있는 것인지요?"

카일이 대답 없이 모즈의 얼굴을 빤히 보고 있으니 모즈는 당황스러워 목을 움츠렸다.

"모즈 경."

"예, 영주님."

"아무리 생각해도 경이 적임임에는 틀림이 없소."

"무엇이 말씀이십니까?"

"벤자르의 총독관으로 말이오."

"저에게 벤자르의 통치를 일임하신다는 뜻인지요?"

카일은 고개를 주억거렸다.

규율을 자의적으로 해석하지 않고 있는 그대로 지키는 부분에 있어서는 다시 고려해 봐도 모즈가 제일 낫다.

"모즈 경, 물읍시다. 저들의 저항을 해결하는 가장 근본적인 방법이 뭐라고 생각하시오?"

"저항의 근원을 찾아 제거하는 것입니다. 바로 낙원단 놈들 말입니다."

"틀렸소. 낙원단은 저항의 주체이지 근원이 아니오. 근원에 대해서 다시 생각해 보시오."

모즈는 잠시 골몰했지만 답을 내지 못했다.

"저는 고심하여도 다른 답을 찾지 못하겠습니다."

"바르테온의 억압이오."

"무슨 말씀을 하시는 것인지……. 저희는 지금까지 벤자르를 억압한 적이 딱히 없지 않습니까."

"우리의 행동은 중요치 않소. 저들이 믿는 믿음이 그렇다는 것이오. 저들은 우리가 자신들을 억압하고 있다 믿고 있으니 말이오. 저들에게 자신들이 먼저 침략했다는 사실 따위는 아무래도 상관없는 것이오. 저항을 목적하는 이들에게 책임 소재를 들이민다고 진심으로 수긍하여 따를 리가 없잖소."

"그러면 어찌해야 합니까?"

"저들이 믿음이 틀렸다는 것을 실질적으로 경험하게 해 주면 되오."

카일은 챙겨 두었던 문서를 내보였다.

약탈자 바르테안.

선조들의 지배자.

착취의 악적들.

피를 갈구하는 악마.

그 문서 안의 바르테온에 대한 지칭과 묘사 들이었다.

그 모든 수식어들은 전부 바르테온이 숄의 모든 것을 약탈할 것이라는 결과를 내포하고 있었다.

"바르테온 그 자체를 저주하는 게 아니오. 약탈하는 바르테온, 착취하는, 지배하는 바르테온에 대한 적대감들이오. 낙원단이 나서서 그러한 개념을 심어 넣었고 일반 민중들은 그게 진짜인지 가짜인지 직접 경험한 적도 없이 속아 넘어가 전쟁을 수행했소. 이게 얼마나 얕은 허상이냔 말이오."

카일은 웃으며 말했다.

이미 정리가 끝나 있고 계획 또한 준비되어 있다.

피해 없이 얻을 것을 얻으면 된다.

그게 골자다.

토끼를 잡으려 했으면 토끼만 보면 된다. 괜히 옆에서 여우가 알짱거린다고 여우를 쫓아갈 이유가 없다.

"내가 이 땅에서 얻고자 하는 것은 충성이나 칭송 같은 무형적인 가치가 아니라 실질적이고 물질적인 자원이오."

카일은 다시 한번 근원적인 목적을 명확히 했다.

그것이 벤자르에 대한 통치의 시작이었다.

"나는 낙원이란 탈을 쓴 괴물들로부터 벤자르 땅의 무고한 백성들을 보호해야 된다는 정의로운 생각은 하지 않소. 그것은 정명한 기사의 마음가짐이지 수많은 목숨을 등에 지고 통치를 해야 하는 영주의 마음가짐이어선 안 된다는 게 나의 생각이오."

"저는 영주님의 생각을 백번 천번 지지합니다. 작금의 전쟁이 있기 전 바르테온은 영지의 총력 이상을 동원하여 여러 사업을 진행 중이었습니다. 그 와중에 벤자르의 침략을 받아 모든 것이 어그러졌으니, 그에 대한 보상은 감성이 아닌 이성으로 살뜰히 거둬들여야 바르테온의 무고한 백성을 살피는 길이라 말씀 올립니다."

챠드가 일부러 이토록 긴 맞장구를 친 것은 영주로서 기사도를 후순위로 밀어 버린 카일의 심정을 배려하고자 한 마음 때문이다.

"경의 말이 옳소. 당장 영지를 재건해야 할 건축자재가 필요하고 나아가서는 옷을 만들 실과 면이 필요하오. 일손이 많이 부족하니 인력을 끌어 다 쓰는 것도 좋소. 이것을 손에 쥐는 방법이 통제만 있는 것은 아니오. 그리고 현 상황에서 통제가 더해지면 그것은 수탈이자 착취가 될 것이오. 그 역시 저항을 키우는 장작들이오."

얼떨떨한 표정의 모즈는 몸을 부르르 떨었다.

모즈는 또 한번 인내심 많은 주군이 자신의 이해를 기다려주고 있음을 인식했다.

"제가 미욱하여 항상 늦습니다. 송구하고 또 송구하여 참으로 면목이 없습니다."

모즈는 귀 끝까지 붉어진 채로 고개를 푹 숙였다.

진심을 창피하고 쑥스러워 고개를 들지 못했다.

"영주님께서 이미 모든 준비가 되어 있을진대 제가 되도 않는 머리로 주제넘게 앞서 갔습니다."

"아니오. 나는 경들의 의견과 생각을 듣는 것 또한 영주로서의 의무라 생각하오. 언제든 이렇게 의견을 내주어 고마울 따름이오."

카일은 진심으로 부끄러워하는 모즈에게 평소보다 부드러운 어조로 힘을 돋아 줬다.

모즈가 명령만 받아서 수행하는 부품 같은 사람이 되길 원치 않기 때문이다.

"자, 그러면 논합시다. 카드 게임보다 재미있는 이야기가 될 것이오."

❖

카일은 벤자르의 중앙광장에서 총독관 임명식을 가졌다.

남은 벤자르의 귀족들은 명령에 의해 한 명도 빠짐없이 노두 참석했다.

이만한 행사이다 보니 영지민들이 모여드는 것도 당연하다.

카일은 단상에서 모여든 인파를 내려 보며 세뇌 오브가 있는 이들을 탐색했다.

당장의 시야 반경에서 찾은 이가 총 다섯이었다.

새삼 놀랄 일도 아니고 당장 그들을 잡아들일 것도 아니다.

비슈도 자신의 머리에 세뇌 오브가 박혀 있는지 모르고 있었다.

세뇌 오브만 가지고 낙원단이라 단정 지을 일은 아니다.

그리고 막상 그렇다고 하여도 잡아들일 생각도 없다.

저들 몇 잡아들인다고 해서 낙원단의 핵심을 엮어 낼 수 없을 것을 알기 때문이다.

오히려 자신들을 색출하는 방식이 있음을 알고 더욱 깊게 숨어들 것이다.

지금은 느슨하게 풀어 먼저 대가리를 들이밀게 해야 한다.

"오늘 이 자리에 벤자르를 관리할 총독관으로 바르테온의 기사장 모즈 루일러 경을 임명한다."

카일은 별다른 미사여구 없이 담백하게 임명식을 진행했다.

큰 위용으로 위압을 가하는 것이 목적이 아니라, 느슨하게 풀어 주는 게 목적이다.

지금까지 너희의 머릿속에 세뇌되어 있다시피 박혀 있는 약탈하는 바르테온이란 생각이 꼭 그렇지만은 않다고 영주로서 직접 보여 주려 하는 것이다.

"하지만, 벤자르는 바르테온과 같이 이 루카시스 땅에서 유구한 역사를 영위한 이름 있는 영지이다. 한때 적으로 서로에게 칼을 겨누었지만 전쟁이 종결된 지금! 바르테온은 같은 역사를 가진 벤자르의 자주성을 인정하는 바이다. 해서 총독관은 벤자르가 아닌 고원 요새에 둘 것이며 벤자르의 일반적인 정무는 벤자르의 귀족들이 자체적으로 운영하도록 보장할 것이다."

카일은 준비한 포고문 그대로 발표했다.

듣는 이들이 다들 무슨 소린가 싶어 고개를 갸웃거렸고 옆에 있는 이에게 되묻기도 했다.

"총독관과 그 기사단은 고원 요새에 주둔하며 전쟁으로 소실된 벤자르의 치안을 보조할 것이며, 통치를 위한 정무관이기 이전에 기사도를 실천하는 기사로서 억울한 민중의 목소리를 먼저 들을 것이다. 모든 바르테온의 정점인 카일 바르테온의 이름으로 모든 바르테온의 기사들에게 명하는 바이다."

"명 받습니다!"

도열한 기사들이 한목소리로 읍하며 부복했다. 벤자르 성

내가 쩌렁쩌렁 울렸다.

구경하는 벤자리안들의 눈에도 이 충성심 높은 기사들이 자신의 영주가 사람들 다 보는 데서 직접 내린 명령을 어기진 않겠구나 싶은 느낌이었다.

"기사장은 모든 기사의 장으로서 이곳 벤자르에서도 바르테온의 기사도를 기반으로 임무를 수행할 것을 명하는 바요."

"예, 영주님. 명 받아 소임을 다하겠나이다."

모즈는 카일이 내린 검을 양손으로 받아 쥐고 일어났다.

이것으로 모즈는 공식적인 벤자르의 총독관이 되었다.

이제부터는 모즈의 차례다.

"현시간부로 벤자르의 총독관이 된 모즈 루일러요. 본인은 총독관의 권한으로 벤자르의 정무관들에게 오랜 시간 전쟁으로 고통받은 벤자르 백성들을 위하여 그간의 전쟁 부담금 항목의 세금들의 철폐를 건의하는 바요."

지난 10년간 벤자르는 전쟁 준비를 명목으로 여러 실물 세금이 늘어나 가내 수입의 8할 가까이가 세금으로 징수되고 있었다.

실질 규정 세금이 농사 수익의 5할이고 그 외의 여러 군용 물품을 징수했는데, 그것이 전체 가내 소득의 3할 정도의 규모였다.

지금 모즈가 한 발표는 당장 세금을 3할이나 깎아 준다는 것이었다.

명분도 좋다. 전쟁을 위해서 거둬들인 항목들인 만큼 전쟁이 끝난 지금 상황에서는 거둬들일 이유가 없는 것이다.

백성들의 입장에서야 아무리 바르테온에 반감이 있다고 하더라도 전쟁을 위한다고 돈을 그렇게 뜯어 가 놓고 전쟁에서 진 벤자르 귀족들에 대한 반감도 만만치 않았다.

이러나저러나 전쟁이 끝난 마당에 지금까지와 같은 말도 안 되는 세금을 감당하고 싶지 않은 것은 당연한 사람 마음이다.

그리고 그 마음을 제대로 읽은 듯, 장내의 술렁거림은 지금까지와 전혀 다른 크기로 일렁였다.

"지금 세금을 깎아 준다는 거야?"

"그렇다는데? 내 귓구녕이 막힌 게 아니면 분명 그렇게 들었구면."

"도무지 이유를 모르겠구면. 더 뜯어 가면 뜯어 가지 왜 걷는 세금을 안 걷는다고 하지?"

"바르테온 놈들이 우리 좋으라고 그럴 리가 없는데."

"분명 다른 꿍꿍이가 있을 게 뻔하다니까. 이걸 곧이곧대로 믿었다간 자다가 코 베여 간다고! 믿을 게 없어서 바르테안들이 하는 말을 믿어!"

그 술렁거리는 목소리들 속에 바르테온을 의심하라는 목소리들이 섞여 있다.

그 목소리들이 단순히 의심이 많은 이들인지, 아니면 낙원단인지는 명확하지 않다.

저들을 잡아들이면 세뇌 오브가 있는 자들을 잡아들이는 것과 같다. 들쑤시는 꼴이다.

뭘 해도 이렇다.

그러니 벤자르에서 뭔가 추적하여 잡아들이는 행동을 할 생각이 없다.

그리고 그럴 필요도 없다.

도망치는 쥐를 쫓아다니며 잡는 일이 얼마나 귀찮나.

쥐는 원래 덫을 놓아 잡는 거다.

그리고 마침 카일의 손에는 벤자르의 쥐 새끼들이 환장할 만한 미끼가 이미 들려 있었다.

"그리고 바르테온에서는 이번 전후 복구를 위해 많은 건축 물자가 필요하오. 벤자르는 전쟁 피해가 크지 않으니 벤자르의 건축 물자를 바르테온에서 우선 수매할 것을 공고 하겠소. 그리고 이와 함께 벤자르의 골렘술사들을 초빙하는 바요. 이 부분은 벤자르의 골렘 마이스터 비슈 공께서 설명해 주실 것이오."

모즈가 한쪽으로 비켜서며 비슈에게 자리를 권했다.

비슈가 어깨를 잔뜩 움츠리고 무대 앞으로 나왔다.

수뇌부나 낙원단이 아니면 비슈를 아는 이는 많지 않다.

사람들은 별달리 환호를 보내거나 비방을 하지 않았다.

오히려 그런 무반응이 비슈의 긴장을 조금 풀어 줬다.

"저는 이번 전쟁에서 바르테온이 큰 피해를 입은 것에 책임을 통감하여 바르테온의 제안에 따라 집 오브라는 건축 오브를 만들었습니다."

비슈는 달달 외운 대사를 책 읽듯이 줄줄 쏟아 내곤 바로 집 오브를 운용했다.

미리 준비되어 있던 벽돌들이 집 오브의 마나 줄기에 엮어들어 순식간에 벽을 세우고 천장을 만들어 네모반듯한 집 한 채를 만들었다.

"이 집 오브는 골렘 오브를 개조하여 만들었지만, 사용하기는 골렘 오브보다 몇 배나 간단합니다. 1서클 골렘 술사도 운용하는 것 자체는 별 어려움이 없습니다. 많은 골렘술사들이 이 모집에 응하여 주길 바랍니다."

대사를 전부 쏟아 낸 비슈는 후다닥 단상을 내려갔고 모즈는 바로 그 자리를 메웠다.

"이 자리에 있는 골렘술사들은 지금 비슈 공께서 보여 준 것이 무엇인지 단번에 알아봤을 것이오. 그리고 바르테온에서 왜 골렘술사들을 초빙하려 하는 것인지도 이해할 것이오. 이 자리에서 벤자르의 침략에 대한 책임을 운운하지 않겠소. 모집에 응하는 골렘술사들에겐 그 급에 맞춰 바르테온의 기사와 같은 대우를 약속하오."

장내가 다시 술렁거렸다.

역시 누군가는 저걸 어찌 믿냐 하였고, 누군가는 집 오브에 대한 순수한 호기심을 보이기도 했다.

그리고 또 누군가들은 서로들 날카로운 눈빛을 교환하기 바빴다.

그 후 몇 가지 형식적인 식순이 이어진 후 총독관 임명식을 끝냈다.

식이 끝나고 벤자르의 귀족들이 남아 모즈에게 인사를 건넸다.

그러곤 한발 뒤에 물러서 있던 카일에게 우르르 몰려왔다.

"바르테온 영주님을 뵙습니다. 벤자르의 브레넌 포일리라고 합니다."

브레넌이 남은 벤자르 귀족의 대표 격으로 카일에게 인사했다.

"무슨 일인가?"

"몇 가지 질문을 드려도 되겠습니까?"

"허락한다. 모즈 경, 먼저 이동 준비를 하고 있으시오."

카일은 일부러 말을 중간에 끊고 모즈에게 이동 준비를 명령했다.

벤자르에 발붙이고 있을 마음이 없다는 간접적인 표현이었다.

"그래, 무슨 질문인가."

"저희 입장에서는 이번 총독관 임명식에 대해 사전 공지

받은 게 없어서 말입니다. 몇 가지 사항에 대해 다시금 확인을 좀 받고 싶은 마음입니다."

"본론만 간단히 하지."

"아, 예. 알겠습니다. 우선 정말 요새에 총독관을 둔다는 게 사실입니까? 그러니까 향후에도 그런 것인지를 묻는 것입니다."

"그렇다. 큰 변화가 없는 한 벤자르에 바르테온 정무관을 두는 일은 없을 것이다."

"그 이유를 여쭤도 되겠습니까?"

"내 신하들을 아끼는 탓이다."

카일은 자못 날카로운 어투로 말했다.

너희들이 가진 반감이 고깝다는 표출이었다.

"아…… 그러시군요. 이것참……. 상황이 상황인지라, 뭐라 드릴 말씀이 없습니다."

"피차 껄끄러운 것이지. 해서, 그것뿐인가?"

"한 가지 더 여쭙니다. 그러면 앞으로 벤자르의 정무는 어찌 진행하면 되겠습니까? 영주 일가가 사라진 상황이라……."

브레넌은 겸연쩍은 표정으로 말을 느렸다.

브레넌이 지금 남은 벤자르 귀족들의 대표 격으로 있지만 그 자체가 대귀족이라 할 만한 이는 아니었다.

이번 전쟁으로 그 앞의 쟁쟁한 귀족들이 전부 사라진 탓에 그저 1순위가 되었을 뿐이다.

당연히 그 권세가 공고하지 못하다.

"그대에게 수관의 자리를 내릴까?"

넌지시 질문을 던지는 카일의 한쪽 입꼬리가 말려 올라갔다.

"그게 저⋯⋯."

"파하하하. 그건 또 싫은가 보군. 하기야, 벤자르의 귀족으로 바르테온의 수관직을 제수받으면 오히려 위세가 떨어지는 꼴이겠지."

카일은 노골적으로 그의 행태를 비웃었다.

호랑이며 사자며 다 죽어 나간 숲에서 늑대도 안 되는 오소리 새끼가 대장 노릇을 하고 싶다며 자리 좀 만들어 달라 하는 꼴이니 어찌 웃기지 않을까.

"수관이 싫으면 영주로 추대해 주면 되겠나?"

"제가 감히 언감생심 영주라니요. 남들이 비웃을 것입니다."

브레넌은 얼굴을 붉히며 고개를 숙였다.

그래도 분수를 아주 모르진 않는구나 싶다.

"앞으로 벤자르에 영주는 없을 것이다. 의회를 구성하고 의원을 선출하라. 의원들은 각자의 의견으로 정무를 제안하고 다른 의원들의 과반 이상의 동의를 받은 후 사업을 진행하는 식으로 정무를 운영해라. 그쯤이면 남은 이들에게 얼추 공정하겠지."

카일은 브레넌 뒤로 몰려 있는 이들까지 한눈에 훑으며 답했다.

"저, 그런데 의회라는 것이 워낙 생소하여……."

"시간 잡아먹는군. 세부적인 지침은 향후 총독관에서 내려 받도록."

"알겠습니다. 바쁘신데 시간 빼앗았습니다."

그들이 뒤돌았다.

카일은 일부러 한 호흡 쉬고 브레넌을 불렀다.

"이봐, 브레넌."

"예, 영주님."

"의회장 정도는 당신에게도 적당하겠지. 지금도 대표 격이니 의회장은 당신이 하도록 해."

수치심에 볼을 붉혔던 브레넌은 감출 수 없는 즐거움으로 입술을 씰룩거렸다.

"아ー. 예. 열심히 해 보겠습니다. 자, 다들 어서 의회를 구성해 보자고! 바르테온에서 우리에게 자치를 보장해 줬으니 말이야!"

브레넌은 활력 넘치는 목소리로 귀족들 사이로 파고들었다.

저들 중에 벤자르의 미래를 걱정하는 자는 없었다.

그저 남아 있는 밥그릇에 자신의 수저를 걸치기에만 급급한 자들이다.

귀족으로서 권리를 누리기에 아까운 자들.

말라비틀어진 여물통을 끼고 있다가 함께 말라 죽기에 딱 좋은 자들이다.

"영주님, 이동 준비는 끝냈습니다."

카일은 별다른 여운 없이 이동을 명령했다.

⁎

벤자르에 주인 없는 귀족 저택이 많다.

저택을 처분할 사람마저 없어져 버려 처분되지 않고 빈집이 되어 버린 저택들이다.

처음에는 바르테온의 눈치를 봐서 그런 저택에 눈길조차 두는 사람이 없었는데 지금은 하나둘 담을 넘어가는 사람들이 생겨났다.

바르테온에서 공식적으로 벤자르의 자치 통치를 인정한다 공표했고 총독관도 멀리 떨어진 고원 요새에 둔다고 했기 때문이다.

그 말이 거짓이 아닌 양, 바르테온의 기사들이 정말 한 명도 빠지지 않고 전부 벤자르에서 물러가는 중이었다.

"정말 모든 기사들이 영지를 떠나고 있습니다."

"첩자를 두려워하는 움직임일지도 모르지. 낙원을 불사른 놈들이 그냥 물러날 리가 없어."

"예, 선생님. 끝까지 주시하겠습니다."

새로운 주인이 찾아드는 여러 빈 저택 중 한 곳에도 새로운 주인이 자리를 잡았다.

그들은 바르테온이 자신들을 추적하고 있다는 것을 뻔히 알면서도 벤자르의 가장 중심부에 들어와 있었다.

"그보다 저들의 공고에 대해선 어찌 생각하십니까. 골렘술사들을 모집한다는 공고 말입니다."

"제 딴에는 어쭙잖은 아량을 흉내 내려 하는 것일 뿐. 어린 영주가 공명심만 많아 주제 넘는 짓을 하는 것이야. 정말 그릇이 큰 인물이라면 가는 곳곳마다 피를 뿌리고 다니지 않았을 것이니, 그야말로 허장성세이지."

"저도 그리 생각했습니다. 푸스카 호수서 오브를 싸그리 긁어 간 것이라던가, 쥐새끼처럼 숨어서 우리의 낙원을 기습한 것을 보면 절대 배포가 큰 인물은 아닙니다. 어쩌다 젊은 나이에 높은 경지에 다다랐지만 그 담력까지 높아진 것은 아닌가 봅니다."

"옳아. 그러니 허세를 떠는 것이지. 스스로의 승리에 얼마나 도취되어 있겠나. 선제공격을 받은 전쟁에서 승리했고 암약하는 조직의 본거지를 찾아 말살했다고 믿을 테니 말이야. 그러니 저렇게 들으라는 듯이 허세를 떠는 게지. 세금을 깎아 준다느니 어쩌니 하는 알량한 술수나 부리면서 말이야."

"하지만 무지한 백성들에게 그것만큼 효과가 좋은 술수도 없는 것이 사실이긴 합니다. 저 무지렁이들 중에 세금 감면을 군비축소로 영지의 병권을 약화시키겠다는 의도까지 연결시킬 자가 누가 있겠습니까."

"어찌 되었든 전쟁도 끝난 마당이니 더욱 그럴 것이야. 여기서 아직 우리의 전쟁이 끝나지 않았다는 말을 떠들어 봐야 피로감만 더 쌓일 게야. 그러니 이번은 어르고 달래 줘야 할 걸세. 아무리 말 잘 듣는 아이도 몰아치기만 해서야 엇나가기 마련이니."

"예, 선생님. 세금에 대해서는 따로 종용하지 않겠습니다. 바르테안들에게 다른 꿍꿍이가 있다는 정도로만 설파하겠습니다."

"그 정도가 적당하겠지. 그리고 바르테온으로 보낼 아이들을 뽑아야겠네."

"골렘술사 모집 공고 건에 대해서 말입니까?"

"그렇네. 저렇게 들어오라 문을 여는데 보내지 않을 수 없잖나."

빈스는 손에 쥔 낙원 인도서를 쓸어내리며 갤리언에게 답했다.

낙원으로 갈 아이들을 뽑으라는 말이었다.

"말라드가 적당할 것이나 그 역량이 부족합니다. 아델린을 함께 보낸다면 균형이 맞을 것이라 생각합니다."

"그리하면 적당하겠군. 하나 아델린은 아직 낙원에 가기 이르니 조금 더 신경 쓰도록 하게."

"예, 선생님. 모쪼록 성전에 앞서 선생님의 축복이 있어 준다면 둘에게 큰 힘이 될 것입니다."

"그리하지."

빈스는 다시 한번 낙원 인도서를 쓰다듬으며 답했다.

�֎

카일은 전 병력을 이끌고 요새로 복귀했다.

현시점부터 이 고원 요새는 솔을 지키는 관문이 아닌 솔을 통치하는 바르테온의 총독관이다.

"모즈 경이 총독의 자리에 앉으시오."

"영주님, 제가 감히 어찌⋯⋯."

"경께서 나에게 충성한다면 나의 존중 또한 충성으로 받으시오."

카일이 이렇게 말하니 모즈는 어쩔 수 없이 상석에 앉았다.

"경은 총독의 소임에 기사도를 기준을 판단하고 실천토록 하시오. 벤자르와 솔의 백성들이라 하여 차별하지 말 것이며 핍박하지 마시오. 경의 올곧음이 바르테온의 기사 됨을 상징한다 여기기에 경을 상석에 올린 것이오."

"예, 영주님. 명심하겠습니다."

"그리고 챠드 경."

"예, 영주님."

"경 또한 이곳에 남아 총독관의 수관으로 역할을 수행해 주시오."

챠드는 자신에게 내려진 수관이란 직책이 모즈를 보좌하는 직책이 아님을 이해했다.

"제가 담당할 소임은 무엇인지요?"

"경은 바르테온을 위한 소임을 다하는 정무관의 역할을 해야 할 것이오. 일일이 보고를 받고 지시를 내려서야 다변하는 상황에 능동적으로 대처할 수 없소. 경이 적임이라 생각하오."

"성실히 소임을 다하겠습니다. 하면, 낙원단에 대한 감시를 우선으로 생각하고 정무에 임하면 될런지요?"

"아니오. 그들을 색출하려 하지 마시오. 헛된 인력 낭비요."

"하면 앞으로 구성될 벤자르의 의회를 장악하는 것에 주안점을 두면 되겠습니까?"

"그냥 두어도 자기 욕심 챙기다 자멸할 자들에게 괜한 핑곗거리 만들어 주는 일이오. 그러지 마시오."

"하면 무엇에 주안을 두면 좋겠습니까?"

챠드가 평소와 달리 진중히 기다리지 못하고 답을 먼저 채근했다.

그 또한 벤자르에 대해 여러 감정이 섞여 있는 탓이다.

"우선은 벤자르의 상업력과 생산력을 파악하는 데 주안을 두시오. 그리고 의회가 구성된 후부터 벤자르에서 나는 모든 면포를 사들이시오. 값을 일부러 깎을 필요 없고 적당히 웃돈을 주어도 상관없소."

"웃돈까지요? 저들의 인식을 변화시키기 위한 비용으로 조금 과하지 않은지요? 안 그래도 벌여 놓은 사업에 전후 복구까지 있어서 돈 들어갈 일이 많지 않습니까."

"크게 돈이 드는 일이 아니오."

카일은 영지민들의 세금을 3할 낮춰 줬다. 그만큼 영지민들에게 여유가 생긴다.

갑자기 돈이 남으면 소비를 하고 싶어지는 게 사람 마음이고 지금까지 전쟁 준비를 한다고 고생한 것에 대한 보상심리도 솟구칠 거라 예상했다.

"벤자르에서 사들인 면으로 옷을 만들어 벤자르로 유통시킬 것이오. 주머니에 돈도 남겠다, 전쟁도 끝났겠다, 돈 내놓으라고 닦달하는 귀족들도 죄다 사라졌으니 보기 좋은 옷 한 벌 정도 사는 거야 쉽게 마음이 동할 것이오."

"하온데 저들의 마음에 바르테온에 대한 적계심이 큰데 바르테온에서 만든 옷을 선뜻 살는지요?"

"벤자르 양식으로 만들어 로살롯 상인을 통해 유통시키면 될 일이오."

"아, 그러면 가능하겠습니다."

"그렇게 본 수익으로 다시 면을 사들이시오. 면을 다 사면 실을 사고 실이 떨어지면 목화를 사들이시오. 벤자르에서 스스로 옷을 지어 입는 이가 사라질 때까지 옷을 공급할 것이오."

카일이 당초 10단을 통해 만든 압도적인 의복 생산력을 시험하려 한 곳은 프론 지역과 콘스칸 지역이었다.

그것을 위해 상인단까지 구성해서 파견을 보낸 것이었는데, 지금은 상황이 바뀌었다.

더 손쉽게 장악할 수 있는, 그리고 장악해야 하는 시장이 생겨난 상황이다.

그 총력을 벤자르에 투입하는 게 당연한 판단이다.

"그 과정에서 낙원단이 매점매석을 한다며 지탄하는 여론을 만들 수도 있을 것이오. 확신에 가까운 예상이오."

"저 또한 그렇게 생각합니다."

"그때는 모즈 경이 나서시오."

"예? 아, 예. 제가 어찌하면 되겠습니까?"

"면화를 독점하여 이득을 보려는 게 아니라, 벤자르의 백성 또한 바르테온의 백성과 같은 싸고 질 좋은 옷을 입을 수 있게 하는 것이라 공표하시오. 명백한 사실이니 이 논리에 빈틈은 없소."

"그러면 그것도 영지민들에게 좋은 모습을 남기게 되는 것이군요. 그럴수록 그걸 꼬투리 잡아서 난리를 치는 낙원단 놈들이 이상한 취급을 받겠습니다. 과연 복안이십니다!"

"바로 이해하였소."

"이제야 영주님의 계획을 조금이나마 따라갈 수 있을 것 같습니다. 앞으로 총독관으로서 벤자르 백성들을 진정으로 위한다는 식으로 행하겠습니다."

모즈가 주먹을 꽉 쥐며 말했다. 칭찬을 바라는 표정이다만, 조금 아쉽다.

"위한다는 식이 아니오."

"예? 제가 또 뭔갈 잘못 이해한 것입니까……?"

"진심으로 위하여 바르테온 백성들 보듯이 기사도를 실천하시오. 그 사심 없는 진심을 보고자 경을 총독에 임명한 것이오."

모즈는 더 혼란스러운 표정이되 두 눈을 끔뻑거렸다.

"영지에서 가장 귀한 것은 금도 아니고 밀도 아닌 사람이오. 사람이 사라지면 영지는 남지 않소. 나는 벤자르가 사라질 때까지 이 땅의 모든 사람을 빼앗을 것이오. 경의 기사도는 그것을 위한 기사도이니 진심으로 사람을 위하시오."

모즈는 어지럽다는 듯이 눈을 빙글빙글 굴렸다.

그러다 정신을 번쩍 차리곤 다시 눈을 또렷이 떴다.

"제 부족한 이해로 괜한 생각은 하지 않겠습니다. 오로지 진심으로 기사도를 실천하라는 그 말씀만 따르도록 하겠습니다."

"좋소. 그리하면 충분하오. 챠드 경, 당장의 재정적 이익이 중요한 게 아님을 이해했을 것이오."

챠드는 입술을 꾹 닫고는 골몰했다. 평소 챠드이 모습이다.

카일은 그의 답을 기다려 줬다.

"낙원단은 스스로 자신들의 힘이 민중의 지지에서 나온다고 하였습니다. 방금 말씀하신 영주님의 계획은 그 지지를 끊어 내어 낙원단이 고립되도록 하기 위함이 아닌지요?"

역시 정답이다.

"둘 모두 바르게 이해하였으니 염려 없이 일어나겠소."

모즈의 우직함과 챠드의 현명함이 함께한다면 자신이 직접 자리하여 살피지 않아도 크게 위태롭지 않을 것이다.

거기에 별낙원에서 노획한 오브로 감청 오브까지 만들어 지원해 줬으니 최소한 요새 안에서 암습을 당할 위험은 없을 것이다.

카일은 걱정 없이 바르테온으로 향했다.

＊

왁자지껄한 펍의 분위기는 불과 얼마 전까지 전쟁 중이었던 영지란 것이 하나도 느껴지지 않았다.

전쟁에서 패배한 영지라는 분위기도 전혀 없었다.

"이봐, 여기 안주 떨어졌잖아! 술이 있는데 안주가 떨어지면 어떻게 해!"

"주인장, 술! 안주가 남았는데 술이 떨어졌잖아! 술이 떨어지기 전에 미리미리 좀 채워 달라고!"

"거, 닦달 좀 그만하쇼! 지금 손 바쁜 거 안 보이나!"

"그러게 종업원을 추가로 뽑으라니까? 요즘 돈도 많이 벌면서 그거 다 뭐 하려고? 혼자 먹고 뒤지려고?"

"이 인간이 술에 취했으면 곱게 취할 것이지. 내가 먹긴 뭘 먹어. 다 당신들 배 속으로 들어가는 거 사 오지. 이 겨울에 오리 구하는 게 쉬운 줄 알아?"

"뭘 겨우 오리 가지고 생색이야! 이제 전시 세금 안 내서 남는 거 뻔히 아는데."

"그 남는 게 지금 당신들 배 속으로 들어가고 있는 거라고!"

서로서로 핀잔을 주는 소리에 짜증이 없다.

어찌 되었든 십수 년을 쥐어짠 전쟁은 끝났기에, 그들은 오랜 시간 고되게 억눌러 왔던 인내와 절제를 해방시키는 중이었다.

그리고 그 시끌벅적한 펍의 한 귀퉁이에 심각한 표정의 일단의 무리가 있었다.

"봐라. 저 무지몽매한 것들이 악적의 알량한 눈속임에 홀려 사명을 잊은 모습을."

갤리언이 한심함이 잔뜩 녹아 있는 어투로 말했다.

"눈앞에 놓인 빵 덩이에 홀려 두 걸음 앞을 보지 못하는 것들이다. 그렇기에 우리가 솔선하여 인도해야 하는 것이다."

아델린 맞은편에 앉은 둘은 표정 없는 얼굴로 담담히 식사를 했다.

펍의 분위기에 최소한의 동화를 연기하는 것이다.

"우리가 무너지면 벤자르 또한 무너질 것이고 벤자르가 무너지면 솔 전체가 바르테온의 마수 속으로 들어갈 것이다. 그러니 우리는 적의 아가리 속으로 들어가 그 배를 찢고 나온다는 생각으로 임해야 한다."

"예. 선생님."

"너희는 벤자르의 별이다. 그러니 저들을 진실로 개도하고 이끌어야 한다. 악적 바르테온이 요새에 틀어박혀 있는 이유가 무엇이며, 말도 안 되는 비율로 세금을 감면해 준 이유가 무엇이겠느냐. 그것은 우리가 두렵기 때문이다. 저들의 모든 행동은 우리를 크게 의식한 것들이다. 그러니 겉모습에 두려워할 것 없다. 낙원으로 가는 길이다."

"예, 선생님. 낙원으로 가는 길입니다."

"그럼 가라, 아델린, 말라드. 낙원의 별들아. 가장 먼저 태어난 선각자께서 너희의 성전에 은하수를 깔아 두셨다."

아델린은 황금 메달을 그들에게 내주었다.

황금 메달은 별낙원의 제1선생이자 선각자인 빈스의 상징이다.

아델린과 말라드는 그 메달에 입을 맞춘 후 품에 갈무리하곤 자리를 나왔다.

"말라드, 신중하게 해야 한다."

"적들의 의도가 분명히 있을 거야. 선생님 말씀처럼 적의 아가리 속으로 들어가는 것이지."

낙원단은 자신들의 별낙원이 바르테온의 손에 무너진 것을 알고 있었다.

그렇기에 바르테온이 자신들을 인식하고 주시하고 있다는 것도 감안했다.

그런 상황에서 벤자르에 들어설 줄 알았던 총독관이 고원 요새에 들어서게 되었다.

본래 처음 낙원단이 계획한 노선은 무장 투쟁이었다.

벤자르의 심장에 바르테온의 총독관이 들어서게 되면 그것이 저항의 목표점이 되는 게 당연했기 때문이다.

하지만 총독관은 고원 요새로 멀찍이 도망가 버렸다. 단 한 명의 기사도 남기지 않고 말이다.

그저 공문을 알릴 때만 우르르 몰려나와 공지를 하고 다시 우르르 돌아가는 식이었다.

그것도 이미 공표했던 세금 감면에 대한 것만 앵무새처럼 반복하고 다녔다.

만약 귀족들이 사사로운 세금을 걷는다면 그것을 벌할 것
이란 생색이 추가된 정도랄까.

그때 아델린은 그런 그들에게 감면해 준 세금은 총독부로
내면 되는 것이냐고 물었다.

돌아오는 답은 아니라고 했다. 절대 그럴 리 없다고 몇 번
이고 확언했더랬다.

"이 자식들이 언제까지 양의 가죽을 뒤집어쓰고 있을까?
전쟁에서 승리했으면 배상금을 뜯어 가는 게 당연한 건데,
그것도 안 하겠다고 되도 않는 착한 척이라니."

"그래 놓고 뒤에서는 면포를 매입하려고 다니잖아. 전후
복구를 운운하면서 건설자재만 사 간다고 한 건 위장이었던
거지. 건설자재에 면포까지 싸그리 사들이려고 하는데, 빼
앗아 가도 될 걸 돈까지 주고 사 간다고 좋아라들 하는 멍청
이들. 매점매석으로 물건값을 올리려고 하는 것도 모르고
말이야."

"베나 짜는 무지렁이들이 뭘 알겠어. 당장 주머니에 돈 들
어오니 좋다고 술이나 퍼마시는 것들인데. 봄날인 줄 알아.
진짜 겨울은 아직 오지도 않았는데."

"그러니 우리가 이끌어야지. 분명 이렇게 우호책을 사용
하는 척하면서 술수를 부릴 테니까. 바르테온 놈들의 더러운
속내를 까발려 우민들을 깨워 주자고. 그리고 비슈도 구해

내야지."

"변절한 것이라면 처리를 해야 될 일이고."

둘은 그렇게 고원 요새로 향했다.

바르테온에서 공고한 골렘술사 모집에 응하기 위해서였다.

✦

바르테온에 복귀한 카일은 가장 먼저 자신을 기다리고 있는 손님을 대면했다.

"영주님. 다시 인사드립니다. 홉스 뱅갈입니다."

홉스는 레이첼에게 연락을 받은 이후 바로 바르테온으로 들어왔다.

미리 언질을 받아 카일과 엇갈렸다는 것은 알고 있었지만, 그럼에도 먼저 바르테온으로 와서 바르테온의 분위기를 익히고 바르테온 상인단과 안면을 터 놓기 위해서였다.

카일로서는 높은 점수를 줄 만한 행동이었다.

"뱅갈? 기사 작위를 받았나 보군. 축하하오."

그것이 목소리에 티가 났는지 인사를 받은 홉스는 생각지 못한 친근함에 다소 얼떨떨한 기분이 되었다.

홉스가 경험한 카일은 절대 넘볼 수 없는 절대자와 같은 이미지였기 때문이다.

레이첼이 자신에게 무례한 건 용서해도 바르테온 영주에게 무례한 건 절대 가만두지 않겠다고 몇 번이고 으름장을 놓았던 것도 그런 이미지에 한몫했다.

"저희 영주님께서 이번에 잘 싸웠다고 성을 내려 주셨습니다. 봉토도 주시고 상업권도 주시고 이것저것 많이 챙겨 주셨습니다. 호위단치고는 아주 출세했습니다."

홉스는 예의를 차린다고 차리지만 그 자유분방함을 완전히 감추지 못했다.

그래도 노력하는 모습은 보이니 지적할 것도 아니다.

카일로서는 어차피 파견 온 인원이니 일만 잘하면 문제없다.

"아, 이거 보시겠습니까? 미리 준비했습니다. 벤자르를 제외하고 확보할 수 있는 건축자재에 대한 것입니다."

그리고 그런 부분에서 홉스는 합격점이었다.

레이첼의 말대로 한 사람 몫은 할 거라더니, 세세하게 지시할 것 없이 목적만 말해 주면 알아서 임무를 수행할 역량이 보였다.

그러니 이런 보고서를 가지고 하나하나 따질 필요가 없다.

"이런 것이야 알아서 하면 되는 것이오. 그보다 다리는 어떻소?"

카일은 홉스의 오른쪽 다리를 가리키며 말했다.

얼핏 보면 티가 안 나는 수준이지만, 카일의 눈에는 홉스의 오른 다리가 틀어져 있는 것이 바로 보였다.

"다리요? 괜찮습니다. 이게 좀 잘 안 돌아가서 그렇지, 일하는 데는 지장 없습니다. 다리 때문에 일에 차질 생기는 경우는 없을 겁니다."

"일을 걱정한 게 아니라, 그저 안부를 물은 것이오. 이번 전투 때 입은 상처 아니오?"

"맞습니다. 바르테온의 치료기사분께서 치료해 주셔서 이렇게 두 발로 걸어 다닙니다."

"그때는 긴급 수술이라 완벽히 치유할 여력이 없었을 것이오. 소개장을 써 줄 테니 이걸 가지고 병원으로 가시오. 재수술을 해 줄 것이오."

카일은 수술 지원이라 간단히 적은 소개장을 그 자리에서 써 줬다.

"그런데 고쳐지는 겁니까? 이미 뼈가 이렇게 다 아문 것인데요."

"가서 보시오. 그보다 심한 장애도 다 고치고 있을 테니."

"아…… 예, 영주님. 감사합니다."

홉스는 이 바르테온의 영주가 자신을 앞에 두고 금방 들통날 거짓말을 할 리가 없다고 생각했다.

홉스는 뭔가 얼떨떨해하며 고개를 숙였다. 일단 고개를 숙여야 될 거 같은 기분이라서 말이다.

"그럼 과업에 대한 것은 챠드 경과 논의토록 하시오. 루카시스고원의 요새에 있을 것이오. 지금은 벤자르 총독관이니 앞으로도 벤자르에 관한 것은 거기서 논하시오."

담백했다.

알아서 일 잘하는 사람에게 미주알고주알 떠들 건 없다.

"예. 그럼 물러가겠습니다."

홉스도 별다른 질문 없이 담백하게 물러갔다.

그 후엔 간단한 정무 보고서 확인을 했다.

대부분 사일론과 라모스가 올린 감청 보고서였다.

혹시나 낙원단이 이미 바르테온으로 들어와 있을지도 모른다 여겼는데 이 감청 보고서상으론 이렇다 한 특이 사항은 없었다.

우선 쌓인 일들을 처리한 카일은 바닥의 비밀 문을 열고 들어갔다.

첫 번째 공간인 배틀스텝 수련장의 한쪽에 오브들이 수북이 쌓여 있다.

이 자리가 바르테온에서 가장 안전한 자리다.

카일은 한쪽의 자리에 앉아 감청 오브를 만들었다.

비슈는 자신의 방에서 집 오브를 만들고 있는 중이다.

그것도 급하고 이것도 급하니 닦달만 할 게 아니라 직접 움직이는 게 낫다.

카일은 한자리에 앉은 채 수십 개의 감청 오브를 쏟아 냈다.

생산된 감청 오브는 정보관에게 보급되어 영지 전역의 목소리를 모으는 데 활용될 것이다.

그중에서도 이번에 초빙하는 골렘술사들의 숙소로 사용될 건물에 우선적으로 투입될 것이다.

지금까지 낙원단이 바르테온에 숨어들지 못했다면 골렘술사 모집이야말로 절호의 기회일 것이기 때문이다.

거기에 비슈까지 전면에 보여 줬으니 낙원단의 입장에선 무조건 노릴 수밖에 없는 상황이다.

낙원단이 안 온다고 해도 벤자르의 마나 유저들을 감시하는 것만으로도 의미는 충분하다.

-영주님. 아아. 들리십니까? 영주님. 저 시론입니다.

한창 작업을 하고 있는 중에 시론의 통신이 왔다.

웬만하면 사람을 받지 말되, 급한 일이면 통신 오브로 연락을 하라 해 둔 참이었다.

-무슨 일이야?

-지크 어르신께서 입성하셨습니다. 지금 관저 앞에서 영주님을 기다리고 계십니다.

칼데온은 볼트의 연판장에 이름을 올린 죄인들을 체포하는 임무를 수행 중이었다.

"이런. 아직 세뇌 오브는 다 못 만들었는데."

별낙원에서 노획한 게 있지만 부족할까 싶어서 말이다.

카일은 기분 좋은 조급함을 가진 채 칼데온을 맞이하러 나갔다.

영주 관저 앞으로 칼데온과 지크기사단이 도열했고 그 뒤로 체포된 죄인들이 포박되어 꿇어앉혀져 있었다.

"치욕을 알아라!"

"부끄러운 줄 알아야지!"

"영지를 팔아먹고 살아 있을 낯이 있는 거냐!"

구경을 나온 영지민들은 그 죄인들을 향해 썩은 음식과 오물 따위를 집어 던졌다.

그나마 그것인 게 다행이다.

칼데온이 주의를 주지 않았다면 음식물 쓰레기 따위가 아니라 투척도를 던졌을 테니 말이다.

"나 같았으면 혀를 깨물고 죽었지!"

"니들이 그러고 귀족이냐! 귀족이면 귀족답게 벽에 머리를 박고 죽어라!"

"그러고도 살고 싶다고 저 꼬라지를 한 걸 보라지!"

원색적인 비난들이 쏟아졌다. 살면서 한 번도 당해 본 적 없던 치욕이자 비난일 것이다.

하지만 그들 중에 그 누구도 그 비난에 대해 반발하지 못했다.

이것이 자신들, 또 어린 식솔들에 대한 구원임을 알기 때문이다.

한 지역을 다스리는 영주였다가 순식간에 노역자 신분이

되었지만, 본래라면 죽었어야 할 목숨이었다.

수저 들 힘없는 노인에서부터 걸음마도 못 하는 아이들까지, 같은 피를 가지고 있었다면 모두 죽어야 했을 운명이었다.

벤자르가 전쟁에서 패배했을 때부터 그렇게 정해진 운명이었다.

실낱같은 희망이라면 연판장이 걸리지 않기를 바라며 아무 일 없다는 듯이 지나가길 기도하는 것이었다만, 그 기도는 무참히 뭉그러졌다.

"영주님, 명 받아 죄인들을 체포해 왔습니다."

"참으로 큰 노고를 자청해 주셨습니다. 영주이기 이전에 제자로서 스승님께 감사드립니다."

"신하이기 이전에 바르테온의 기사로서 의당 해야 할 일을 한 것입니다."

둘은 빙긋이 웃으며 마주 보았다.

"제가 잘 타일러 왔으니 영주님께선 부디 편히 가용하십시오."

"저 또한 적의 실체를 확인하였으니, 염려 놓으셔도 될 것입니다."

적의 실체를 알고 있고, 잡아낼 수 있는 능력이 있다.

충분한 감청 오브로 영지 곳곳의 목소리를 들을 수 있고 촘촘한 감시체계를 구성할 인력들까지 확보가 되었다.

미끼는 걸어 놨으니 쥐 새끼가 덫 안으로 들어오기만 기다
리면 된다.

함정은 완벽하게 준비되어 있는 상태였다.

다음 권으로 이어집니다

The Final
더 파이널

유성 퓨전 판타지 장편소설

「아크」「로열 페이트」「아크 더 레전드」
작가 유성의 새로운 도전!

회귀의 굴레에 갇혀 이계로의 전이와 죽음을 반복하는 태영
계속되는 죽음에도 삶에 대한 의지를 불태우던 어느 날

갑자기 시작된 침식으로 이계와 현대가 합쳐진다!

두 세계가 합쳐진 순간,
저주 같던 회귀는 미래의 지식이 되고
쌓인 경험은 태영의 힘이 되는데⋯⋯

이계의 기연을 모조리 흡수해
누구도 넘볼 수 없는 전사로 우뚝 서다!